不过是一碗人间烟火

汪曾祺、————————著
林清玄、
迟子建 等

《作家文摘》————————编

中国出版集团　现代出版社

《作家文摘》名家散文系列

主　　编　孔　平

副主编　魏　蔚

编　　辑　吕秀芳　王晓君　丁　历

目录

辑二

往事的酒杯

说到底，酒杯也是灵魂的容器之一。

这容器的最深处，终究是一个人的快乐，一个人的哀愁，

或者一个人的迷茫。

辑三

过去的生活

那时候，生活其实是相当细致的，什么都是从长计议。
这种生活养育着人生的希望，今年过了有明年，明年过了还有后年，
一点不是得过且过。

辑四

这一站到那一站

每个人新的一天，都是从这一站到那一站，
在流动与迁徙之中，只要不忘失自我，保有热血与志气，
到哪里不都是一样的吗?

辑五
爱情如何对抗时间

有时候，我也会往内心深处探索，
在遥远的当年，在人生的棋盘还没有被固定下来时，
你住在我内心的哪一个角落里？

辑六

万物皆有灵

我想拥有一座小岛，带着我的鸡鸭狗猫，带着天上的飞鸟，
在岛上天长地久。我在岛上看书、写作。
夜深人静时，坐在水边，与它们一同看星星……

辑一
不过是一碗人间烟火

酸甜苦辣的人生况味，在舌间萦绕，

对生活的热爱也跃然纸上，

世俗烟火和琴心雅韵相契相合，毫不违拗。

果蔬秋浓

汪曾祺

中国人吃东西讲究色香味。关于色味，我已经写过一些话，今只说香。

水果店

江阴有几家水果店，最大的是正街正对寿山公园的一家，水果多，个儿大，饱满，新鲜。一进门，扑鼻而来的是浓浓的水果香。最突出的是香蕉的甜香。这香味不是时有时无，时浓时淡，一阵一阵的，而是从早到晚都是这么香，一种长在的、永恒的香。香透肺腑，令人欲醉。

我后来到过很多地方，走进过很多水果店，都没有这家水果店的浓厚的果香。

这家水果店的香味使我常常想起，永远不忘。

那年我正在恋爱，初恋。

果蔬秋浓

今天的活是收萝卜。收萝卜是可以随便吃的——有些果品不能随便吃，顶多尝两个，如 20 世纪明月（梨）、柔丁香（葡萄），因为产量太少了，很金贵。萝卜起出来，堆成小山似的。农业工人很有经验，一眼就看出来，这是一般的，过了磅卖出去；这几个好，留下来自己吃。不用刀，用棒子打它一家伙，"棒打萝卜"嘛。咔嚓一声，萝卜就裂开了。萝卜香气四溢，吃起来甜、酥、脆。我们种的是心里美。张家口这地方的水土好像特别宜于萝卜之类的作物生长，苤蓝有篮球大，疙瘩白（圆白菜）像一个小铜盆。萝卜多汁，不艮，不辣。

红皮小水萝卜，生吃也很好，（有萝卜我不吃水果，）在我的家乡叫作"杨花萝卜"，因为在杨树开花时卖。过了那几天就老了。小红萝卜气味清香。

南方的黄瓜不如北方的黄瓜，水唧唧的，吃起来没有黄瓜香。

都爱吃夏初出的顶花带刺的嫩黄瓜，那是很好吃，一咬满口香，嫩黄瓜最好攥在手里整根咬，不必拍，更不宜切成细丝。但也有人爱吃二茬黄瓜——秋黄瓜。

呼和浩特有一位老八路，官称"老李森"。此人保留了很多农民的习惯，说起话来满嘴粗话。我们请他到宾馆里来介绍情况，他脱下一只袜子来，一边摇着这只袜子，一边谈，嘴里隔三句就要加一个"我操你妈"。他到一个老朋友曹文玉家来看我们。曹家院里有几架自种的黄瓜，他进门就摘了两条嚼起来。曹文玉说："你洗一洗！"——"洗它做啥！"

我老是想起这两句话："宁吃一斗葱，莫逢屈突通。"这两句话大概出自杨升庵的《古谣谚》。屈突通不知是什么人，印象中好像是北朝的一个很凶恶的武人。读书不随手做点笔记，到要用时就想不起来了。我为什么老是要想起这两句话呢？因为我每天都要吃葱，爱吃葱。

"小葱拌豆腐——一清二白"，每年小葱下来时我都要吃几次小葱拌豆腐，盐，香油，少量味精。

羊角葱蘸酱卷煎饼。

再过几天，新葱——新鲜的大葱就下来了。

我在1958年被定为右派，尚未下放，曾在西山八大处干了一阵活，为大葱装箱。是山东大葱，出口的，可能是出口到东南亚的。这样好的大葱我真没有见过，葱白够一尺长，粗如擀面杖。我们的任务是把大葱在大箱里码整齐，钉上木板。闻得出来，这大葱味甜不辣，很香。

新山药（土豆，马铃薯）快下来了，新山药入大笼蒸熟，一揭屉盖，喷香！山药说不上有什么味道，可是就是有那么一种新山药气。羊肉卤蘸莜面卷，新山药，塞外美食。

苤蓝、茄子，都可以生吃。

逐 臭

"臭豆腐、酱豆腐，王致和的臭豆腐！"过去卖臭豆腐、酱豆腐是由小贩挑着担子沿街串巷吆喝着卖的。王致和据说是有这么个人的。皖南屯溪人，到北京来赶考，不中，穷困落魄，流落在北京，百无聊赖，想起家乡的臭豆腐，遂依法炮制，沿街叫卖，生意很好，干脆放弃功名，以此为生。这个传说恐怕不可靠，一个皖南人跑到北京来赶考，考的是什么功名？无此道理。王致和臭豆腐家喻户晓，世代相传，现在成了什么"集团"，厂房很大，但是商标仍是"王致和"。王致和臭豆腐过去卖得很便宜，是北京最便宜的一种贫民食品，都是用筷子夹了卖，现在改用方瓶码装，卖得很贵，成了奢侈品。有一个侨居美国的老人，晚年不断地想北京的臭豆腐，再来一碗热汤面，此生足矣。这个愿望本不难达到，但是臭豆腐很臭，上飞机前检查，绝对通不过，老华人恐怕将带着他的怀乡病，抱恨以终。

臭豆腐闻起来臭，吃起来香。有一位女同志，南京人。爱人到南京出差，问她要带什么东西。——"臭豆腐。"她爱人买了一些，带到火车上。一车厢都大叫："这是什么味道？什么味道！"我们在长沙，想尝尝毛泽东在火宫殿吃过的臭豆腐，循味跟踪，臭味渐浓，"快了，快到了，闻到臭味了嘛！"到了眼前，是一个公共厕所！

其实油炸臭豆腐干不只长沙有，我在武汉、上海和南京都吃过。昆明的是烤臭豆腐，把臭油豆干放在下置炭火的铁箅子上烤。南京夫子庙卖的油炸臭豆腐干用竹签子穿起来，十个一串，像北京的冰糖葫芦似的，穿了薄纱的旗袍或连衣裙的女郎，描眉画眼，一人手里拿了两三串臭豆腐，边走边吃，也是一种景观，他处所无。

吃臭，不只中国有，外国也有，我曾在美国吃过北欧的臭起司。招待我们的诗人保罗·安格尔，以为我吃不来这种东西。我连王致和臭豆腐都能整块整块地吃，还在乎什么臭起司！待老夫吃一个样儿叫你们见识见识！

不臭不好吃，越臭越好吃，口之于味并不都是"有同嗜焉"。

（《作家文摘》2019年总第2258期，摘自《寻常滋味，欢喜人间》，汪曾祺著，北方文艺出版社2019年6月出版）

拒绝乏味

谢 冕

吃饭喝酒，是味觉上的享受，讲究的是味道。关于吃食，我说过一些话，被误传为谢某"不咸不吃"。其实不是，原意是：该咸不咸，不吃。旅行在外，吃宾馆里的菜肴，往往苦于乏味，每道菜几乎都缺盐。记得那年，在南方某学校吃食堂，菜品繁多，目不暇接，缺点就是，太淡，寡味！因为是无所选择，于是每餐都自带食盐，免得每次都呼人送盐。

由此得出结论：平庸的厨师不会也不敢用盐。他们宁肯寡淡，寡淡不担风险。而精明的厨师却是勇者，敢于用盐，往往一锤定音，而境界全出。

五味之中，盐是霸主，盐定位，糖提鲜，此理主厨者皆知。不会用盐，犹如医师开方，犹豫而不敢在主药下足分量，庸医于是就出现了。一些大的、老字号的饭店，菜端上来，不用怀疑，就是这个味，因为厨师下手有数。其实，好饭店不一定要上高端珍品，能把普通菜做成精品才是名厨。没有窍门，其道理很简单，火候食材等因素除外，适量用盐最为关键。

　　我的一位朋友，吃饭很老到，他专拣大饭店点普通菜，便宜，到位。我说过的北大畅春园超市的饺子，每次吃，每次都满意，酱油、醋等不用外加，不假思索，张口就吃，也是因为到位，够味，"信得过"。

　　吃饭就是求味觉的满足，盐不到位，便乏味。这是就一道菜而言的，推而广之，就一次宴席而言，其理亦同。一桌人围坐，主人出于礼节，请客人各点一道菜。众人欣然曰："好好，还是点清淡些的。"结果八九人点出十几道菜——不是白菜豆腐，就是豆腐白菜。这场面我经历不止一次了，每次都很扫兴，也很尴尬。碍于情面，只能把不悦憋在心里：这是吃饭还是比赛风雅？这里的潜台词，"清淡"是高雅而时尚的，要是点"清淡"以外的，就俗气了。于是，就满桌的白菜豆腐，豆腐白菜！

　　上面说的是集体会餐，一桌的寡淡让人郁闷。其实，所谓每人点一道菜，乃是西方的规矩，因为西餐是"各吃各的"，每人点自己爱吃的一道主菜就行，无须考虑众人口味。中餐则不同，中餐是围桌而坐，讲究的是综合和协调。一桌人围坐，菜单一般是由主人预订的，有时也由主人临场发挥，当场点。除了宴请熟人朋友，我本人是轻易不敢临场发挥的，这不啻是一场"冒险"，因为此时往往七嘴八舌，各主其是，结果则是莫衷一是。我的经验是不轻易"发扬民主"而主张"独断"，即由一人说了算。因为我深知众口难调。

　　点菜是一门高超的艺术，首先要考虑菜系，中国菜系繁多，各自特点突出，若在粤菜馆点水煮牛肉，就会贻笑大方，有人在川菜馆要求"不辣"，也近于无知。中国菜南甜北咸，差别在天地之间。在无锡，犹如吴侬软语，往往甜得柔情万种；而在燕赵大地，则是重油重盐，犹如易水风寒，慷慨悲歌！晋人嗜酸，无醋不欢，霸气冲天；

蜀地喜辣，红油火锅，挥汗如雨！所以，宴客点菜首先要考虑菜系，特别是这个菜系的名菜和招牌菜，这才"近于专业"。一桌成功的宴席，主事者除了了解菜系和菜馆，还要兼顾客人的组成，他们口味不一。荤菜素菜，软菜硬菜，爆、炒、汤、蒸，拼盘宜淡，主菜宜重，先轻后重，次第顺进，直抵高潮。高潮而后，这才甜食和果类登场，是甜蜜的余绪，宴会于是在暖意浓浓的"皆大欢喜"中圆满结束。

点菜难，因为这是一道调和众口的艺术。记得早年家里灶间，有祖传剪字，乃是先人手书的一副对联："此间大有盐梅手，以外从无鼎鼐人。"此语有魏晋遗风，似是出自钟鸣鼎食之家。盐梅手，鼎鼐人，原指厨师，但此处却有题外之音。古人常把宰相比厨师，因为厨师知百味，大厨师更能协调众人之口味。能调百味者，相国之才也。因而"鼎鼐万家"说的不是厨师，而是大相国。

话扯远了，还是回到主人点菜上面来，此时环顾列座众人，想着各人的口味，南北西东，咸甜酸辣，理应兼顾而容人。主人首先重视的是"各悦其悦"，再进一步，则是试图扩展他们的味觉，进而共享众人之悦。正是此时，厨师就跃身而为一人之下万人之上的"国师"了。我知道"治大国若烹小鲜"这话的原旨，但更愿意借此以形容，我此时此刻的感受。点一桌菜，让大家开心，这里难道不包含更丰富的意义吗？常言道：众口难调，此刻经高超的"厨艺"的调理，这古来的难题，却是迎刃而解！

食物缺盐是乏味，人生寡淡是乏味，我本南方人，家乡饮食偏甜，习性并不重盐。我的口味很宽，咸甜酸辣从不忌口，且常常奚落那些口味偏执而自诩为"美食家"者。

但即使如此，我仍对"缺那么一点盐"耿耿于怀！这说的是咸，甜也一样，不到位，也是败笔。几年前吃粤产萨其马，包装精致，一吃，就差一句国骂出口。这道京城名吃，既缺油，又不甜，又不酥软，全变味了。

在汉语中，"五味杂陈"是贬义，犹如"五色乱目""五音乱耳"一样。《老子》第十二章讲"五色令人目盲，五音令人耳聋，五味令人口爽"，指欲望多了易成反面，"口爽"者，诸味杂陈，反而伤败纯正的味道。这是道家的一种审美准则。而我斗胆不持此议，我认为饮食之道在于多样，"五味杂陈"方是正道。一桌酒席，甜酸苦辣咸，五味杂陈，让众口尝百味，从而改变人们的口味偏见和积习，乃是饮食应有之道，是为常态。

我始终我行我素，坚持我的主张：有味，够味，恰到好处的足味，而断然拒绝的则是：乏味。啤酒要冰而爽，咖啡要热且浓，杜绝温暾水。冷也好，热也好，甜也好，咸也好，都要各在其位，都要各显其能。愚生也钝，生性也许平和，处事也许雍容，但内心却是一团熊熊烈焰——热情，坚决，甚而激烈，这是品味饮食吗？不，也许是在追寻人生的一种境界。

（《作家文摘》2020 年总第 2362 期，摘自 2020 年 7 月 22 日《文汇报》）

舌尖上的盐城

高洪波

这一次走盐城，任务是描写盐城的美食。虽然因为体重的关系，我对美食有些警惕，可盐城从未走过，加上对好友曹文轩故乡的景慕，遂有了这次有趣的盐城之旅。

盐城先是用"八大碗"的名吃为我们接风。"八大碗"的创始人居然是孙权的父亲孙坚。小时候读《三国演义》，就知道孙坚是个令人佩服的英雄，他创造"八大碗"为的是破解悬案，用美味的盐城美食吸引神仙，八仙驾临，十分满意，梦中点拨了孙坚，悬案破解之后，"盐城八大碗"也就流传了下来。

"八大碗"中，半汤半菜，以汤为主，食材则是鸡鱼肉蛋、河鲜海珍。头道菜最土，但也最有名，叫"土肥膘"，其实就是炸猪皮。猪是黄海之滨的当地土猪，吃的植物中富含盐分，猪肉鲜美自不必说，猪皮居然也能居于"八大碗"之首，可见盐城物产的丰饶与奇特。

吃完"土肥膘"，又分别品尝清香美味的糯米圆和充满兄弟情义的"涨蛋糕"，前者涉及盐城名人，以十八条扁担造反的张士诚——庆功宴上猪肉不够，厨师便掺入糯米蒸成圆子，结果大受称赞，遂成"八大碗"中的次席。

从孙坚到张士诚，都是乱世豪杰，由此可以看出盐城在饮食文化之外的某种传承。

"八大碗"中，还有红烧肉、鸡丝烩粉丝、淡菜萝卜粉丝、虾米羹与红烧鱼，虽然都是普通的食材，但在我这个来自内蒙古草原的北方人看来，真的称得上是人间美味了。

盐城的味道自然离不开一个字：盐。在盐博物馆里，有一章叫"盐字溯源"，细读才知道甲骨文中没有发现"盐"字，但有"咸"。在西周金文中也没有"盐"字，但却有"卤"，在《说文解字》中许慎道："盐，卤也，天生曰卤，人生曰盐。"盐卤盐卤，原来是这般关系。

走过盐城，同时还知道了盐宗。盐宗是三个人，一个是产盐之宗夙沙氏，二是经盐之宗胶鬲，最后是管盐之宗管仲。从前春季盐民生火烧盐之前，要祭拜这三位盐宗，供三牲，烧香烛，行跪拜之礼。秋后熄火也要拜祭，因为盐宗保佑了盐产丰收，民众是由衷地感恩。其实，"八大碗"最该供奉的应是这三位东海盐宗，这是历史上的真人，也是盐民及盐业的图腾。

盐城的美食很多，譬如被我称为"无边风月水，天下大纵湖"中的白螺蛳和功夫蟹，它们都是极有特点的美食。此外还有虎头鲨，名字唬人，其实俗称"呆子鱼"，体形类似西南地区的黄辣丁、北方水域中的嘎鱼，汪曾祺先生描写过这种性格木讷、滋味鲜美的小鱼。虎头鲨之外，还有黄剑鱼，俗称"铜头鱼"，肉质鲜美，日益罕见。

我还想说一说盐城最特殊的一道菜：郑板桥肉。

板桥肉与东坡肉不同。郑板桥在盐城当过教书匠，他的故乡兴化离盐城不远，可是再近也不能把学生们当束脩送的鲜猪肉捎回家呀，郑板桥想了一个办法：把鲜猪肉用开水烫一下，用冷盐水浸一下，一下一下又一下，十八道工序后，鲜肉变成咸肉，吃起来味道独特，也可以保存一段时间。

如果说武人孙坚与张士诚留在"八大碗"中的是豪勇果敢的滋味，郑板桥留下的这份佳肴散发出的则是文人的清高散淡。写到此处，盐城的味道日渐显出了丰厚与浓腴。

盐城很大，风物颇多，除了美食，令人难忘的还有举世闻名的两种动物，飞禽如丹顶鹤，走兽如麋鹿，它们都用自己不同的美装饰着盐城的天空与陆地。"鹤鹿同春"，这是中国文化中最具祝福意义的两种动物，恰巧地繁衍在盐城这块土地上，尽管它们与美食无关，但从精神层面上说，丹顶鹤的九皋之鸣声震华夏，麋鹿即姜子牙所骑的"四不像"，盐城可谓一处福地，一个滋味奇妙的地方。

在盐城的最后一站是东台。东台最有名的是鱼汤面，已有二百年的历史。东台鱼汤面绝活在汤，主要原料是鳝鱼骨和鲫鱼，先用猪油将其炸酥，再用文火熬煮，鱼汤色白质浓、滴点成珠，可谓"吃碗东台鱼汤面，此生胜过活神仙"！

在东台的安丰古镇和甘港，我还吃到了地道的安丰老烧饼，那刚刚出炉的老烧饼捧在手里，热腾腾，香喷喷，站在街上边走边吃，仿佛回到了儿时，也吃出了儿时的感觉与滋味。在甘港品尝新磨的豆浆，豆香气氤氲着记忆中的一种美味。也许上述的两种食品还不能与东台鱼汤面这刚刚列入江苏省第四批非物质文化遗产的名吃比肩，可甘港的确是个能够留住乡愁的新型农村，它的各种手工艺品，包括农村供销合作社的旧式布置，都有一种让人回到童年、追寻历史的感触，更何况还有纯洌的甘港老酒。

在微醺中，我告别东台，直奔盐城机场，行囊中有麻虾酱和野虾籽，我想起本文的标题及走盐城的初衷，不禁笑了。舌尖上的盐城，且待我回北京慢慢细品。

（《作家文摘》2016年总第1914期，摘自2016年2月26日《光明日报》）

城市的幸事

蒋　韵

去年秋天到我的老师尤敏先生家做客，她请我喝西湖藕粉，吃黄桥小烧饼。因为她刚从苏杭和南京回来，又因为她本是苏州人，向来喜欢江南点心。西湖藕粉端上来，扑鼻一股桂花香。先生说："是新鲜的桂花糖，从杭州带来的。刚买来时，香得不得了，这一路走回来，香味已经淡多了。"

我听得出话中怀乡的那点惆怅。至于桂花糖，久居北方黄土高原的我实在没有多少资格说三道四去品评。我又曾见过几棵桂花树呢？但我知道在我老师的家乡，在江南，或者说是在昔日的江南，做桂花糖也算是三秋的盛事胜景之一吧。

我很喜欢到老师家做客，这怕也是其中的一个原因。在老师这里，常有某种意外之喜。比如这样一小碗西湖藕粉，比如这应时应景的新鲜桂花糖，东西也许并不值钱，难得的是"应时应景"这四个字。在暮秋的北地，想起斜阳中的满觉陇，想起《迟桂花》，想起"十里荷花，三秋桂子"的前人词章，喜悦或感慨，是这一小碗点心盛不下的。

冬天去老师家，若赶上吃饭，也不须客气，坐下来，喝的是老师刚刚暖好的黄酒，绍兴加饭或花雕，里面加几粒话梅，那纯粹是为了迎合我这个北方学生的口味。

有一次说起张爱玲，我说她在《半生缘》里写到一种南京的小菜，叫莴笋圆子，是把莴笋腌了盘起来，中间塞一朵干玫瑰花。春节老师招饮留饭，一大桌盛馔里面，有一小白瓷碟，碟中赫然摆了几只绿莹莹的莴笋，只只中心开一小朵紫玫瑰。老师笑道："特为你准备的，张爱玲的小菜，是亲戚从南京带来的。"

老师的丈夫梁先生是南京人，有亲戚从南京来，带只板鸭、盐水鸭或鸭胗之类是可以想到的，带来家制的腌菜——莴笋圆子，若不是老师特意托付了，谁会想到带这种东西来呢？这是整个春节期间，我吃到的最有味道的东西。

如今有一句话，叫"吃气氛"。为此，有人不惜一掷千金。水晶吊灯、进口墙布、红木餐桌都打在菜价里了，当然还包括玫瑰花、KTV以及小姐的微笑等。路易十三是"气氛"，波尔多干红、轩尼诗XO是"气氛"，龙虾船是"气氛"，玉米棒子和老南瓜也是"气氛"，只要你肯花钱。花钱买来的气氛，或辉煌，或高贵，或典雅，或怀旧，但它总缺少一点什么。

就像精彩绝伦的假花。

还有另外的气氛，大约已被我们遗忘了。比如，"绿蚁新醅酒，红泥小火炉。晚来天欲雪，能饮一杯无？"再比如，"绿竹入幽径，青萝拂行衣。欢言得所憩，美酒聊共挥。"还比如，"开轩面场圃，把酒话桑麻。待到重阳日，还来就菊花。"这样的气氛和情致，可是买不到的。

所以，在今天，在我们日益进步和喧哗的城市，能有这样一处地方，为我们安静而从容地保留一小碗应时应景的西湖藕粉和新鲜桂花糖，保留几只故事性的玫瑰莴笋圆子，应该说是我们城市的幸事。

上面这段小文，写于 1996 年 6 月，已是二十多年前的事了。如今的尤敏老师，早已移居海滨城市大连，和女儿一家生活，而她的丈夫梁先生，则因罹患癌症去世多年。梁先生生病，住院，手术，化疗，这期间，我们几个学生，和尤老师一起，共同经历了那折磨人的一切。记得最后一次我和李锐去看梁先生，他已是骨瘦如柴，气息奄奄，却笑着，对我们说："等我出院了，我请你们去吃海鲜，去'海外海'。"

我也笑着，回答说："好，我们等您请客。"

其实，都知道，那已是永远不可能的事了。

自梁先生往生后，尤老师也曾回过几次我们的城市，我们去先生家里看望她，却再也没有吃过她亲手烹制的美味。往往，是就近找一处饭店或者咖啡屋，大家随便吃一餐便饭而已。没有人比我们更明白，在这个城市，我们的老师，只剩下了一座寥落的空屋，而没有了一个人间烟火的家。那些美好的日子，如大风吹落的花瓣，永别了。

（《作家文摘》2020 年总第 2318 期，摘自《青梅》，蒋韵著，河南文艺出版社 2019 年 10 月出版）

沪上有奇味

池　莉

　　每到盛夏，火炉捂汗——武汉人的自我戏称：捂汗。人很容易上火，我小时候经常嗓子疼，眼睛赤，发高烧。母亲是西医，发现我病了，就打青霉素。外公是中医，讲究食疗，讲究预防上火，讲究随节气调饮食。一进三伏，停鸡汤，上冬瓜汤。停红烧肉，上凉拌藕片。停大油大荤，上干烧小鲷子鱼。幸而我父母特别忙，我主要养在外公家，这就让我极大地获得了美食享受而少用了许多抗生素，还被养成了美食爱好者。每当武汉酷暑实在难熬，小孩子吃睡都成问题，外公就说："还是下上海吧。"

　　于是暑假就背起书包下上海。汉口上船，两夜三天，上海那边，舅舅十六铺码头接人。上海凉爽得多，出海口嘛，总有海风灌进来。最好的是，上海还有一味绝品凉菜，叫作熏拉丝。熏拉丝清火败毒，又是上等精肉，营养丰富，小孩子特别受用。

　　家里阿婆已经整好一桌饭菜。当然特意买来熏拉丝，当然一定是购于淮海路襄阳南路的二食烧腊部。阿婆总要把熏拉丝最好的部位——大腿，掰下来给我吃，说是吃棒棒肉。棒棒肉直接拿手吃最方便，牙齿轻轻一咬，就是一粒腱子肉，弹性极好，奇香浓郁，无脂无腻，滋味透骨。最后那根腿骨，火柴棍一般轻巧，也不舍得马上丢掉，要搁嘴里再三品咂，只因熏拉丝不给多吃。熏拉丝有毒，大寒之物，只能适量。这种节制又细腻的吃法、神秘又玄妙的涉毒感、非同寻常的开胃生津，都是严重诱惑。从此我欲罢不能，越吃越香，越吃越生出探秘的欲望。

多年里，我探访过熏拉丝的产地朱家角和青浦，也多次与上海作家交流，其中朱小如夫妇都是熏拉丝铁粉，好感谢他们多次赠菜。既然是上海传统小吃，那么究竟是何时何地何人传起来的呢？又是何年何月何人统了大众喜好的呢？资料查不到。谁也说不清。更有人完全不知熏拉丝。熏拉丝好比世外奇葩，与俗世之间，只是爱情，有缘千里来相会，无缘对面不相逢。也曾巧遇一知音，周令飞，鲁迅的孙子。在青浦，一个影视创作会议。当我们缓缓步入宴会大厅，发现凉菜中赫然陈列本地特产熏拉丝，周令飞眼睛亮了，我也眼睛亮了。只见周令飞吃得沉醉欢喜，而北方人陈凯歌、刘恒，就没啥反应。

我更任性的是，索性长时间住上海。几年里一边写长篇《所以》，一边吃熏拉丝。乐得一年四季都有得吃，当然还是谨守家教：绝不贪食。直至吃到上海明令禁售熏拉丝。约在2007年，二食烧腊部的熏拉丝，彻底没了。不久，我也回到了武汉。肯定不能夸张到说进退上海都是因为熏拉丝，但也不能说完全没有熏拉丝的因素。儿时喜吃的东西，往往终身都会想那一口，那一口滋味，往往就是乡愁。

不错，熏拉丝就是癞蛤蟆。学名蟾蜍，有毒。毒液叫蟾酥，是名贵中药材，去火解毒有特效，是很多中成药主要成分，例如六神丸。只是遗憾，上海的蟾蜍，被命名为"中华大蟾蜍"，就变成了重点保护野生动物。政府一禁，民间就火。人工养殖又不难，上海周边郊区，都卖熏拉丝。满盘大海椒，麻辣重口味，食材夯胳膊夯腿十分粗放，美其名曰农家乐野味，把个上海菜的精致风格，丢到九霄云外。生意竟然很不错，驾路虎，挎 LV，粉妆玉琢或脑满肠肥，边吃边拍且直播，真相就这样被模糊。原本传统熏拉丝，尤其精致，去皮去毒是非常专业的，食材成形是至关重要的，作料只是用于腌制的。从烧熟到熏干，要花很长时间，汤汁慢慢收干到含而不露。一只只盘成椭圆形的熏拉丝，线条柔美，清清爽爽，瓷碟摆盘，一色儿温暖烟熏色，那是怎样的品相与美感呢！随着时代进步，难道不应该是更美更好的吗？

那天散会后才想到，我竟忘了问问周令飞，这味菜，鲁迅爱否？近年来，想问的念头，渐渐淡了，觉得世上许多疑惑，还是存疑的好。假设鲁迅也爱熏拉丝，那又如何？对于今天的我辈，可资安慰？不可。所以，让某些心思，随着往事，美成烟花吧。

（《作家文摘》2017 年总第 2053 期，摘自 2017 年 7 月 15 日《新民晚报》）

娃娃过年

叶　梅

过年，是应当有年味的。

娃娃对年的味道比大人敏感，那些妙处，是童年最有趣的记忆。

儿时在三峡一带住着，小小的巴东县城，一条独街，多是板壁屋，天梯巷吊脚楼，从长江边曲里拐弯一直到金子山顶。房屋两侧多是橘树，每到晚秋初冬，小灯笼似的橘子就都红了，丛丛点点，好比娃娃的笑脸。

橘子红了的时候，大人们就会念叨，日子过得真快，转眼就又要过年了！听到的只言片语让娃娃们欣喜若狂，俗话说：大人盼种田，细娃盼过年。还有什么比过年更有趣，更好呢?

真正的过年是从腊月二十四开始的。

这一天要打扫"扬尘"。屋里屋外，把家具倒腾开，扫帚伸进去将一年的尘垢扒出来，墙角上方的蜘蛛见势不妙，急急慌慌赶紧逃开了，留下一面破碎的网，摇呀摇，娃娃叫嘎嘎（三峡人把外婆都叫"嘎嘎"）："这里还有呢。"嘎嘎的扫帚像一支笔，伸到哪儿，哪儿就干净了。

家里打扫清爽之后，开始炒各种香嘴的吃食，花生、瓜子、蚕豆、板栗，还有三峡人爱吃的苞谷花、茗片、洋芋片。不讲究的人家花式不多，但一两样也总归是要炒的；而会过日子的人家都会有一包炒砂，年年炒得黑油油的，一颗颗砂子带着力道。

炒熟的花生摊在簸箕里，抓起来烫手，嘎嘎一边炒一边扭过脸来制止，说："凉一凉再吃啊，还没凉吃了要上火的啊！"娃娃不管什么上火，抓一把塞到嘴里，果然喷香喷香，便沉不住气地欢跳，抓上一把揣进荷包里，再抓一把，再抓一把，然后夺门而跑，去找隔壁的娃娃。

腊月间还要炸丸子、蒸扣肉。三峡的习俗是提前把过年的菜都准备好，等到正月里相互拜年请客人吃饭时，家里都有现成的硬菜，一蒸一煮就能上桌。做这些菜都是系列工程。娃娃对那些技术不感兴趣，关心的只是结果，看嘎嘎从蒸笼里取出一碗碗扣肉，整齐排放在橱柜里，却并不急着给娃娃吃，就知道真的是要过年了。说起来，三峡的土家族比汉人要提前一天团年，在腊月二十九这天，叫作过"赶年"。有说是因为祖先当年被人追杀，不得不提前一天过年；有说是因为明代时期，土家族士兵奉调东南沿海出征抗倭，军令紧急只好提前过年。无论哪种说法，团年都是件最重要的事。

这天，家人无论在何处都要赶回家里，先祭拜祖先，然后依次上桌。团年席上虽也说笑，但不像吃创汤那样随意，且是庄重的，娃娃的衣裳扣子被扣得规矩，大人们更是穿戴齐整，大家围着桌子正襟而坐。娃娃看满桌的菜肴热气飘拂，心里不免着急，但也得等大人把祝福的话说了才能动筷子，且有些菜是不能动或是不能吃完的，尤其是鱼，几乎只是摆放在那里一动不动。有吃有剩，年年有鱼（余）。

娃娃喜欢跟全家人坐在一起，二舅舅的心上人远道而来，笑起来眼睛弯弯的，一对乌黑的大辫子，给娃娃带来好多柿饼、核桃、苞谷糖，娃娃觉得她长得真好看，就愿意挨着她坐。团年的这天晚上要洗澡，这是娃娃从小懂得的规矩，嘎嘎一边给娃娃洗，一边特意在膝盖那里多抹几下，说三十晚上洗了髁膝包，走到哪里都会有肉吃。这话也不知旁人是否知晓，但娃娃铭记在心，后来的若干年里，团年那天都要安排全家人洗澡，哪怕电视台的春晚已经成了三十夜的唯一，也宁可牺牲那些节目，澡是要洗的。否则，要没有肉吃了怎么办？

团年之后要守岁，那时娃娃年年都下决心，要跟大人们一样，守着炉火说话，直到天明。嘎嘎有很多故事，都在这时候讲述，但听着听着，娃娃就不由自主地东倒西歪了。

等到醒来，却听窗外响着鞭炮，枕边放着新衣，娃娃心里好欢喜。又突然想起，枕头下会不会有压岁钱，果然一摸就摸到了，小小的一张钱币，有时是一毛，有时是两毛，娃娃心满意足。就在那一刻，感觉自己又长大了一岁，向着成年人的光景，那时候娃娃是多么希望快点长成一个大人啊。

过年是要穿新衣的，每年都不同，红底紫花，灯芯绒，带着暖暖的布香，娃娃穿上之后，觉得街上所有的人都在朝自己看，连路都有些不会走了。

正月里，大人领着娃娃走亲访友，去四处拜年，好吃好喝好玩的，都有。娃娃们在一起感慨，要是天天都过年，那该多好啊。俗话说，"正月忌头，腊月忌尾"，不说不吉利的话，不做伤和气的事，娃娃们在这些日子里，就从来没有挨过骂。

过完上九日，接下来是大家最爱的元宵节，这一天娃娃所在的巴东县城会大张旗鼓地玩龙灯，上码头、下码头，金子山、河对岸，玩龙灯的各有一班，在街心打开了擂台，随着震天的锣鼓，全城都在沸腾。美女姐姐扮了蚌壳精，躲在彩灯闪闪的蚌壳里，壳一开一合，逗引得娃娃们只想往里钻。那姐姐红衣绿裤，粉团团的脸儿，半天不出来，娃娃的脖子都伸疼了，却是神秘诱人得很。一旁伴着蚌壳精的少年，拿着一把扇子，搞过来舞过去，最后终于用一根红绸牵出了俊俏的蚌壳精，娃娃随着大家一起欢呼。

娃娃们最期待的龙灯在一阵紧似一阵的锣鼓声中飞奔而来，那龙的一双大眼，通常比娃娃的头还要大，它上下飞旋，时而一掠而过，时而紧盯着娃娃，似有无穷深藏的话语，只对娃娃说。娃娃深信不疑，但一切还没来得及，元宵节的夜晚就快过去了，娃娃的绣花新鞋在拥挤之中，差点被人踩掉，嘎嘎在鞋面上绣的一对小兔子，眼睛也都红了。嘎嘎说："快去睡吧。"娃娃说："不睡，年还没过完呢。"

"有心拜年，端午不晚"，这也是三峡一带的俗话，那年岂不是会一直过到端午？娃娃一厢情愿，总拿这话问嘎嘎。一直问到端午时节，嘎嘎包粽子，将一束菖蒲挂在门前，然后带着娃娃去长江边看龙舟，只听那鼓声如雷，千船万船一时竞发，娃娃这时才把年给忘了。

（《作家文摘》2018 年总第 2110 期，摘自《根河之恋》，叶梅著，江苏凤凰文艺出版社 2017 年 12 月出版）

故乡的吃食

迟子建

　　北方人好吃，但吃得不像南方人那么讲究和精致，菜品味重色暗，所以真正能上得了席面的很少。不过寻常百姓家也是不需要什么席面的，所以那些家常菜一直是我们的最爱。

　　如果不年不节的，平素大家吃的都很简单。由于故乡地处苦寒之地，冬季漫长，寸草不生，所以吃不到新鲜的绿色蔬菜。我们食用的，都是晚秋时储藏在地窖里的菜：土豆、萝卜、白菜、胡萝卜、大头菜、倭瓜，当然还有腌制的酸菜和夏季时晒的干菜，比如豆角干、西葫芦干、茄子干等。人们喜欢吃炖菜，冬天的菜尤其适合炖。将一大盆连汤带菜的热气腾腾的炖菜捧上桌，寒冷都被赶走了三分。人们喜欢把主食泡在炖菜中，比如玉米饼和高粱米饭，一经炖菜的浸润，有如酒经过了岁月的洗礼，滋味格外的醇厚。

　　而到了夏季，炖菜就被蘸酱菜和炒菜代替了。园田中有各色碧绿的新鲜蔬菜，菠菜呀，黄瓜呀，青葱呀，生菜呀，等等，都适宜生着蘸酱吃，而芹菜、辣椒等则可爆炒。这个季节的主食就不像冬天似的以干的为主了，这时候人们喜欢喝粥，芸豆大碴子粥、高粱米粥以及小米绿豆粥是此时餐桌的主宰。

家常便饭到了节日时，就像毛手毛脚的短工，被打发了，节日自有节日的吃食。先从春天说起吧。立春的那一天，家家都得烙春饼。春饼不能油大，要擀得薄如纸片，用慢火在锅里轻轻翻转，烙到白色的面饼上飞出一片片晚霞般的金黄的印记，饼就熟了。烙过春饼，再炒上一盘切得细若游丝的土豆丝，用春饼卷了吃，真的觉得春天温暖地回来了。除了吃春饼，这一天还要"啃春"，好像残冬是顽石一块，不动用牙齿啃噬它，春天的气息就飘不出来似的。我们啃春的对象就是萝卜，萝卜到了立春时，柴的比脆生的多，所以选啃春的萝卜就跟皇帝选妃子一样周折，既要看它的模样，又要看它是否丰腴，汁液是否饱满。很奇怪，啃过春后，嘴里就会荡漾着一股清香的气味，恰似春天草木复苏的气息。

立春一过，离清明就不远了。这一天人们会挎着篮子去山上给已故的亲人上坟。篮子里装着染成红色的熟鸡蛋，它们被上过供后，依然会被带回到生者的餐桌上，由大家分食，据说吃了这样的鸡蛋很吉利。而谁家要是生了孩子，主人也会煮了鸡蛋，把皮染红，送给亲戚和邻里分享。所以我觉得红皮鸡蛋走在两个极端上：出生和死亡。它们像一双无形的大手，一手把新生婴儿托到尘世上，一手又把一个衰朽的生命送回尘土里。所以清明节的鸡蛋，吃起来总觉得有股土腥味。

清明过后，天气越来越暖了，野花开了，草也长高了，这时端午节来了。家家户户提前把风干的粽叶泡好，将糯米也泡好，包粽子的工作就开始了。粽子一般都包成菱形，若是用五彩线捆粽叶的话，粽子看上去就像花荷包了。粽子里通常要夹馅的，爱吃甜的就夹上红枣和豆沙，爱吃咸的就夹上一块腌肉。粽子蒸熟后，要放到凉水中浸着，这样放个两天三天都不会坏。父亲那时爱跟我们讲端午节的来历，讲屈原，讲他投水的那条汨罗江，讲人们包了粽子投到水里是为了喂鱼，鱼吃了粽子，就不会吃屈原了。我那时一根筋，心想：你们凭什么认为鱼吃了粽子后就不会去吃人肉？我们一顿不是至少也得吃两道菜吗！吃粽子跟吃点心是一样的，完全可以拿着它们到门外去吃。门楣上插着拴着红葫芦的柳枝和艾蒿，一红一绿的，看上去分外明丽，站在那儿吃粽子真的是无限风光。我那时对屈原的诗一无所知，但我想他一定是个了不起的诗人，因为世上的诗人很多，只有他才会给我们带来节日。

端午节之后的大节日当属中秋节了。中秋节是一定要吃月饼的。那时商店卖的月饼只有一种，馅是用青红丝、花生仁、核桃仁以及白糖调和而成的，类似于现在的五仁月饼，非常甜腻。我小的时候虫牙多，所以记得有两次八月十五吃月饼时，吃得牙痛，大家赏月时，我却疼得呜呜直哭。爸爸会抱起我，让我从月亮里看那个偷吃了长生不老药而飞入月宫的嫦娥，可我那双蒙眬的泪眼看到的只是一团白花花的东西。月光和我的泪花融合在一起了。在这一天，小孩子们爱唱一首歌谣：蛤蟆蛤蟆气鼓，气到八月十五，杀猪，宰羊，气得蛤蟆直哭。蛤蟆的哭声我没听到，倒是听见了自己牙痛的哭声。所以我觉得自己就是歌谣中那只可怜的蛤蟆，因牙痛而不敢碰中秋餐桌上丰盛的菜肴。

中秋一过，天就凉了，秋风把黄叶吹得满天飞。雪来了。雪一来，腊月和春节也就跟着来了。都说"腊七腊八，冻掉下巴"，所以到了腊八的时候，人们要煮腊八粥喝。腊八粥的内容非常丰富，粥中不仅有多种多样的米，如玉米、高粱米、小米、黑米、大米；还有一些豆类，如芸豆、绿豆、黑豆等，这些米和豆经过几个小时的慢火熬制，香软滑腻，喝上这样一碗香喷喷的粥，真的是不惧怕寒风和冰雪了。

一年中最大最隆重的节日莫过于春节了。我们那里一进腊月，女人们就开始忙年了。她们会每天发上一块大面团，花样翻新地蒸年干粮，什么馒头、豆包、糖三角、花卷、枣山，蒸好了就放到外面冻上，然后收到空面袋里，堆置在仓房，正月时随吃随取。除了蒸年干粮，腊月还要宰猪。宰猪就是男人们的事情了。谁家宰猪，那天就是谁家的节日。餐桌上少不了要有蒜泥血肠、大骨棒炖干豆角、酸菜白肉等令人胃口大开的菜。

人们一年的忙活，最终都聚集在除夕的那顿年夜饭了。除了必须要包饺子之外，家家都要做上一桌的荤菜，少则六个，多则十二、十八个，看到盘子挨着盘子，碗挨着碗，灯影下大人们脸上的表情就是平和的了。他们很知足地看着我们，就像一只羊喂饱了它的羊羔，满面温存。我们争着吃饺子，有时会被大人们悄悄包到饺子里的硬币给硌了牙，当我们"当啷"一声将硬币吐到桌子上时，我们就长了一岁。

（《作家文摘》2020年总第2345期，摘自《读天下》2020年第6期）

放弃肥肉就像放弃诗歌

苏　童

我记忆中最早的美食，是苏州一家工厂食堂里的红烧块肉。

那家生产高频瓷的工厂远离苏州城区，但我有三个舅舅都在那家工厂工作。其中有个四舅，家眷都在老家，一个人住在工厂宿舍里。

小时候每隔几个月，我就会跟随我大舅或者三舅，到城北的公路边搭乘工厂的班车，去看望我的四舅。

我每次都很期待这样的旅行，一方面瓷厂遍地都有酷似玩具的瓷品可捡，另一方面的原因纯属嘴馋，我最喜欢吃的是瓷厂食堂里的红烧块肉。

食堂的菜谱抄在一块大黑板上，红烧块肉通常写在第一排，有点领衔主演的味道。价格是五分钱还是八分钱，现在记不清了，反正不会超出一毛钱。

那红烧块肉取材于猪肉肋条，其形其状不同于家庭主妇们小锅烹制的红烧肉，食堂师傅把肉切成严格的长条形，虽然厚度只得一厘米多，但由于长度和宽度都很可观，看上去面积便也很可观。

这样一块肉，通常以肥肉为主，瘦肉为辅，红烧过后浑然一体，显得晶莹剔透，仪态万方。

它是食堂里唯一有资格享受精美包装的一道菜，每一块肉配以一丛碧绿的青菜，用赭红色的小陶钵隆重地盛放，一个个摊在长长的料理桌上。

我至今记得在瓷厂食堂里踮脚窥望陶钵的心情，唯恐排队的人太多，它们突然消失不见。

在我看来，那些陶钵里隐藏着一片美味的天堂。

十八岁离开苏州之前，我心目中的所有美食其实都与肥肉有关。

我后来喜欢的苏式酱汁肉和苏式白肉都极具地方风味，无论是老字号的陆稿荐出品，还是其他老店新铺甚至是私人作坊出品，所选材料必然是肥肉占主导地位，肥肉少了，我会怀疑它的口味是否正宗。

我一直不是很喜欢蹄髈肉，因为我固执地认为，瘦精精的猪腿肉最难出味儿。

一块猪肉，无论怎么烹制，肥肉都是它的灵魂。

我不是一个美食家，只能勉强算个肉食主义者。

多少年来走南闯北，我最尊重的餐桌通常都端上了"肉"，那些餐桌的主人大多与我相仿，对肥肉有着白头偕老的深厚情谊。

在杭州和徐州，我吃到了最正宗的令人怀古的东坡肉；在长沙湘潭一带，我品尝过光辉灿烂的毛氏红烧肉；在绍兴，我吃到了咸香可口的梅干菜焖肉；在苏北兴化，当地的咸猪头肉成了我对这个地方最美好的记忆。

最大的惊喜则是来自一个好友家的餐桌，每次去她家做客，都能吃到她家钟点工特制的红烧肉。

这几乎是一个奇迹，那个来自安徽的中年妇女，总体来说厨艺平平，独独把那一碗红烧肉做得出神入化。

朋友圈里现在很少人嗜好肥肉了，据观察一部分人是从小不爱肥肉，还有一部分人则是信奉健康饮食的缘故，担心肥肉进肚后血脂与胆固醇会像水银柱一样升高。

不知为什么，我对后一类朋友充满了怜悯，我若批判他们无趣，他们一定骂我无知。

但我认为餐桌放弃肥肉，就像文学放弃诗歌，放弃的都是传统，这其实不一定是健康的事情。

（《作家文摘》2020 年总第 2334 期，摘自《肥肉》，朱赢椿主编，南京师范大学出版社 2020 年 3 月出版）

老 派

沈 芸

去年岁末，有一部电影《罗曼蒂克消亡史》上演，讲述的是丛林法则时期的老上海。而我则想到了另外的两个字：老派。

我在看完两遍以后，在梅林茂 *Take me to Shanghai* 的歌声中，决定延续一下老派上海人家的传统，做一个冬至要吃的蜜蹄髈。

我遵循着我所知道的最传统的方法，亦步亦趋，争取在最大限度内，不做一点改变——

一只剔骨绳扎的后臀蹄髈，余水后要焖上一个钟点。黑木耳泡发好，桂圆剥好，红枣洗净，备用。蹄髈炖上，开锅后，大火转小火，加入木耳、桂圆。然后，三年陈黄酒（不要料酒）、广东片糖、头抽酱油（可以适当配一点老抽提色）依次加入，一样也不能少。

做这道菜，足足要花上一个晚上。至少，文火煲里炖四个小时，每一小时给蹄髈翻一次身，炖到三个小时的时候，我加入了一大把红枣。

这是道隔夜菜，等到第二天家人和客人来吃晚饭之前，再用小火慢慢回炉收汤，用调羹将锅里的酱汁一遍一遍地浇在蹄髈上，不能着急，这活儿很累人，也最见功夫。一定要小火，否则蹄髈的皮是要粘锅的。

为此，以前我家老辈人红烧蹄髈时，都要在砂锅底上放一块竹编的箅子，就是这块竹箅子，最后浸透了肉的味道，我们小孩子会抢着把它舔干净，想想真作孽。

浓油赤酱的蹄髈终于上桌了，拆掉扎绳，用刀子切开蹄髈，"哗……"的一下子划开，一股浓重的肉香热烈地喷了出来，再浇上桂圆红枣的酱汁，"浓情蜜意"四个字得到了最精准的诠释。

被蹄髈酱汁熏了整整一天的我，看着肥嘟嘟的大肉，一点胃口也没有——做饭的人常常是这样，做到最后，一口都不想吃，最开心的事是看着大家把一桌子菜统统吃光。

今年我家的客人是位肉祖宗，他说，辅料里最好吃的是黑木耳，糯得不得了。

这样的蜜蹄髈，一年总归要吃一次的，像是拉开春节过年大幕的彩头。

这次，我得到的最高评价来自张乐平先生的儿子阿四，他们是上海著名的老底子人家。他说这种老派蜜蹄髈的做法，现在会做的人已经不多了。其实，不难。功夫，两个字，一横一竖。错的，倒下；对的，站着。

新派的有些做法，如蜜汁蹄髈放在摆盘的菜心中间，上面浇上勾了芡的酱汁，我们是不会这么做的——我固执地认为，勾芡的菜都不好吃。也不会放诸如八角、桂皮、香叶等调味料，太多的味道会让猪肉的本味丢失了，适得其反，我最多放上两片姜。关于放姜，也是有两派争议的，这一点，李安在《饮食男女》的结尾说得很清楚。

我对老派的推崇，源于我的祖父夏衍，他在饮食起居上是个老派人，就像冬天他身上总爱穿的丝绵袄。

我们的太祖母和祖母都是浙江德清人，据我姑姑说，我们家烧菜的本源是德清口味。我爷爷不喜欢带味道的蔬菜，不吃韭菜，香菜更是不进门。不吃大蒜和生葱，所以，我印象中的南方菜是不会撒葱花的，除了鳝丝。我们家的油焖虾是绝对不用番茄酱的，红烧肉只放姜和黄酒，绝对不放八角桂皮之类。即便是烧牛肉也不下这么重的猛料。我烧红酒牛肉，最重要的是要毫不吝啬地倒入半瓶红酒，无他。

老派人自有一套老派的坚持，我爷爷说在某些方面，他是"顽固分子"。

"不喜欢重庆，所以不喜欢吃重庆菜，喜欢上海，所以喜欢吃上海菜，大概是喜欢哪里，就喜欢吃哪里的菜……"这是电影里的一句台词，据说也是葛优演的陆先生复仇的一句药引子。

我爷爷喜欢上海瑞金一路袁家的家宴。晚年，他每年都要回上海，一到两次。一般都是在静安宾馆住下后，第一件事就是去118弄，爬上四楼看望他的老姐姐，吃一顿"屋里厢"的饭。

他爱吃南方的豆子，袁家烧的葱油本地豆，焖炒嫩豌豆，盐水焖酥的"牛踏扁"毛豆是他的最爱。

袁家的饭，我从小到大都认为是最好吃的饭，之一。

在小孩子的眼睛里，总有吃不完的好吃的家，就是最好的家。

他们家客堂间的方台子每天是最闹忙，收拾清爽只是中场休息。

从早饭开始，大家就可以各尽所需，有大饼、油条、糍饭团；也有泡饭、酱瓜、咸鸭蛋、肉松；还可以有牛奶、咖啡、面包、白脱油。

摆了满满一台子，要到十点多以后才会收拾掉。

十二点一过，七盆八碗又摆了一台子，起码要五六个菜，汤是必须有的，有时还是荤素两个汤。晚饭要简单点，所谓简单，就是不再烧新小菜了，但是，要吃稀饭有稀饭，要吃馄饨有馄饨，要吃面条有面条，挑选的范畴极为宽泛。当然，这只是一般情况，如果有客人来吃饭就是另外话讲了，而他们家是三天两头有客来吃饭的。

下午，我们还有点心吃。上海人的点心，是晚饭前的点心，不是三层高的英式下午茶。

家里煮了赤豆芋头羹或酒酿小圆子，也会给我们小朋友买生煎馒头或奶油蛋糕来吃。夏天冰箱里的可乐汽水、雪糕冰激凌随吃随有。

我小时候，上海的单位夏天发冷饮，每天寄爹下班回家都会拎两瓶水，他告诉我，他办公的地方长了两棵树，一棵可以打出白水，一棵可以打出甜水。这个故事，我一直坚信不疑，直到二十多岁大学毕业，还在惦记他单位里的那两棵树，希望他带我去看看，寄爹被我说得一头雾水，他早就把自己编的谎话给忘光了。他女儿在旁边听得笑不动，说："那是骗你的，一种是苏打水，一种是酸梅汤。"

我们吃小笼包，一屉小笼，一碟姜醋，不像陆先生那样拗"鼎泰丰"造型。但吃鲜肉月饼或者是拿破仑，都会先拿出碟子，摆好了，再吃。像王妈和吴小姐那样从纸袋里拿出来就直接往嘴里送，点心渣是要掉在台面上的，不雅。如果把熨平的亚麻桌布上搞得一摊油渍，就更是坍台。

"客人来了……"

客人坐定，问："茶，要吃吗？"只是一句客套，规矩大的客人常常会推托一下："不要麻烦啦，歇一歇就跑……"那也只是一句客气。不一会儿的工夫，老阿姨就会把茶端上来，这是留客的规矩。

熟朋友往往还是麻将搭子，麻将一搓起来，"白相"到了晚饭点，肯定是要留饭。

生活要有仪式感，这句话在袁家，又适用又不适用。形式大于内容的事，讲究实惠的老上海人认为是"洋盘"。我记忆中，袁家的家宴不会是电影里没有烟火气的样子，女眷也不会像章子怡那样端着肩膀，翘着兰花指夹菜。

袁家是中产人家，但做过大场面。我的姑奶奶，也就是我爷爷的二姐姐沈云轩，1986 年在梅龙镇摆酒做百岁大寿，我爷爷带着一双儿女和秘书从北京飞过去，老太太在华尔街当银行家的女儿女婿从纽约飞回来。

那一天，宾客云集，老祖宗像贾母一样的风光。为此，袁家的儿女们从景德镇特制了一百只寿杯，很多街坊邻居、亲朋好友还专门来讨寿杯，沾"寿气"。

正好，说到了餐具。电影里，不管是陆公馆的家宴还是家里吃泡饭，用的都是现代的新派餐具，已经西化了。老上海人家盛菜是用碗盘，而不是现在从西餐改良过来的平盘。袁家用的是景德镇的青花玲珑碗碟，我小时候管它叫"小米粒"。

侯孝贤《海上花》中的每顿饭，吃得都对。但那一年代更早，应该是开埠之前。

有些"老底子"人家的餐具，碗盘上还有一个盖子，动筷子前，把盖子打开，衬在盘子下面做托盘。美国《生活》杂志上登了一组蒋介石宋美龄就餐的照片，用的就是这款餐具，现在基本绝迹了。

日式餐具现在很流行，适合摆盘，不适合我们中国人盛菜。

老派上海人吃饭讲腔调，但不拘造型，米其林那种盘大菜少的做派，完全不适用老上海。有一年，李子云去台湾，连战在圆山大饭店宴请他们，一上菜，把她吓傻了，整鸡、整鸭、整蹄髈，还有四个大狮子头……她说，还是那种解放以前的吃法，现在的上海人不作兴这么吃啦。

饭菜在变，口味在变，上海话也在变。

《罗曼蒂克消亡史》里面，至少有三代上海话在古今大战，听得让人出戏。听《海上花》里梁朝伟和《色戒》里汤唯讲的上海话，我的耳朵不断提抗议：拜托！以后还是用配音吧。

到底还是王家卫，他是香港上海人，身上蕴藏着很多的老派。听他的姐姐说，他们的爸爸是一定要让自己的孩子会讲上海话的。《花样年华》里洪金宝奶奶的一句"荠菜裹馄饨"，听着真窝心。

在北京，我们家老辈人在家里依然保留着说上海话的习惯，在"二流堂"的圈子里，大家也都说上海话。

我爷爷的上海话带着浓厚的杭州官话口音。我爸爸和姑姑的上海话很标准，现在的人听了都说，他们是老派上海。以后的小辈说的都是新上海话了，像"肉麻""弄怂"这样的词快听不到了。随着新移民的涌入，又把很多普通话翻译回上海话，南腔北调"洋泾浜"，连"阿拉""伲"的单复数也不分了。

上海话要说得好听，不容易，舌头一定要软，要滑。我的舌头已经硬了，不会讲，但耳朵还软，能听，分辨得出好坏。

我听过最好听的上海话，来自袁家的那位美国五姑姑。她现在已经九十多岁了，1948年离开上海去的美国。与李丽华是闺密的她，长期生活在纽约的华人圈，周边都是老上海，所以她保留了一口纯正的老上海腔，及一个坚定的上海胃，身在纽约，心系上海。她说，只要一吃牛排，就觉得自己生胃癌了，回上海吃到屋里厢的小菜就全好了。

这番"Take me to Shanghai"的话，她逢人便讲，每次都绘声绘色。声调、表情、语气像极了《花样年华》里的房东孙太太潘迪华，她得的是思乡病，跟电影里吴小姐"在重庆要饿煞了"是同病相怜的。

在她的同辈人里，只有她的一口上海老派软语，保留着好听的尖团音。比潘迪华还要嗲，她叫我爷爷："娘舅～～"，那一声糯米嗲，能直接把人化到八宝饭里去。

有一次，她从香港过来，我问她，香港的饭很好吃吧？她却回答说，广东话听不懂。这让我仿佛听到《色戒》里易太太陈冲在抱怨："香港，潮是潮得来，连握个手都能挤出水来……"

三年长工变太公，这句话最适用把我们带大的老保姆。上海是一个很早就有中产阶级的城市，不夸张地说，在"上只角"，家家都有一个王妈。葛优演的陆先生，原型可能是杜月笙，但是王妈不需要有原型。在《花样年华》里她是洪金宝的奶奶；在李子云家，她是秀英；在瑞金一路袁家，她是彩宝。她们的权威从客堂间一直延伸到灶披间，再通到后门的弄堂——王妈向主家推荐杀手，替戴先生给吴小姐送戒指、传话，还掌管着大公馆上下的钥匙。

我们这些小孩子看到她们，也要服服帖帖，被她们犀利的眼睛看出什么破绽，被大人知道了一顿训，就全凭老阿姨的一张嘴了。我小时候养在上海，带着我妹妹搭着凳子在四楼露台上往下看，被瑞金一路的寄娘骂了一顿，这个危险动作就是被她家彩宝看到后去告的状。

宋庆龄在晚年，每天最重要的事情就是写信，相当于"煲电话粥"，她在给沈粹缜和廖梦醒的信里，很多时候都是在谈她的保姆，用廖承志开玩笑的话说"Auntie是打个喷嚏都要告诉你（廖梦醒）"，这个时候的宋庆龄，是一个再平常不过的上海老太太。就像李子云在写给我爷爷的信中总要说她家的秀英，袁家在信中要说他们的彩宝，心情是一样一样的。

中国式的家庭雇佣关系，不是《唐顿庄园》，没有上下班打卡，人情的比例很重。一旦人情超越了等级，就成了里外分不清的"一家门"。

在弄堂里，保姆们议论主家的是非八卦是常事。同样，主家也会把用人的家长里短搬到台面上做谈资，王妈"弄怂"小张的段子，就在陆公馆被"寻开心"了好一阵子。

"中浪厢有蹄髈汤，留下来吃饭……噢，太太！"《花样年华》里的老保姆想留苏丽珍吃饭，只要"噢……"的一声知会孙太太，自己就可以做主了。李子云也说过，她家秀英喜欢的客人才会留饭，秀英不留饭，她也没辙……秀英做的菜好吃，咖喱鸡、卤蹄髈都是拿手菜，朋友吃了高兴，秀英还会打包给客人带走。

"我家的秀英，可是见过大世面的，'文化大革命'中，造反派把她堵在阳台的角落里，逼她离开我们家，说我母亲是剥削阶级。秀英不慌不忙地回答，他们没有剥削我，是我没地方去，不要他们家工资。"这样的老保姆跟了她们李家三代人，养老送终。

同样，养老送终的还有袁家的彩宝，她在服侍我爷爷的百岁老姐姐归西的前后几年中，曾经遭遇过一次来自家族内部的信任危机，我爷爷对彩宝有评价：（对老太太）照顾得好或不好，能活到这么大岁数，就是照顾得好。

结果，彩宝不战而胜。

这也是以"王妈"为代表的老派上海人家里非常奇妙的一种家庭关系，《罗曼蒂克消亡史》抓到了本质，以此，掩盖掉了七七八八上海话的不足。

葛优饰演的陆先生，那个端着"三碗面"（体面、情面、场面）的大佬，他的复仇过程充满冷血和不露声色，一切做得果决而规矩，这种行事风格是老派上海人中的经典。

老派，既是个性，更是规矩，不然就会像电影里说的："这些人没有正常人的情感，他们不喜欢现在这些，高楼啊，秩序啊，好看的、好玩的、好吃的，他们都不喜欢，或者是有其他什么目的，毁掉上海也不可惜……"

阿拉上海人都认为，上海是最好的"我的城"，连我爷爷这种走南闯北的人也不例外。

对于流行，他说，女孩子要戴小表才漂亮。

依然，还是老派。

（《作家文摘》2017年总第 2023 期，摘自 2017 年 2 月 22 日《文汇报》）

不调味的美

张佳玮

有些东西，不用调味，就很美了。

法国的螃蟹，愣头愣脑的，6月间，就被扎扎实实地包装好，放在超市冰鲜架子上，脑满肠肥一大个，每只折合人民币三十元。我便买回家蒸了吃。法国人普遍不太懂吃蟹，可怜他们不知道清蒸蟹有多鲜美。法国蟹蒸好了，调罢姜醋，开了壳，金红的蟹黄在氤氲蒸汽中呼之欲出，让人迷醉。法国蟹实在是实诚，满壳什么都没有，都是黄！我开始还老老实实，用筷子夹蟹黄蘸姜醋，后来因蟹黄太多，直接朝蟹壳里倒姜醋——一筷销魂，太满足了。

世上有许多事物无从形容，蟹味是其中之一。李渔这样的大才子，从剧本曲词到情色小说无所不通，无一不精，说到蟹，也表示词穷。好在还有另一位吃蟹名家张岱，他有一句说得极好："食品不加盐醋而五味全者，无他，乃蟹也。"好蟹真不必特意调味，自然有鲜甜厚味。

在康定城区河边的老菜场，有肌肤黝黑的老摊贩，皱纹里都镶着神秘感。你去问他们，他们总摇头说"被订掉了"；得看到你身边站着他们熟识的那位，他们才展颜，揭开篮子上的白布，露出带土的松茸来。他们已不必吹嘘了，因为"熟识的那位"领你去之前，早已天花乱坠地形容过了：松茸如何鲜美，如何自然，如何洗净立刻蒸蛋，如何延年益寿强壮精力，当然，最重要的是：别调味！

洗干净松茸，放着；铁板加热，先烤些五花肉，不为吃，只为煎出油来；煎到五花肉油吱吱响时，松茸切片，放在油上，须臾烤香，猪油肉香之上，又多一重幽淡的味道；略撒薄盐，绝不能多，夹起来吃：这时嚼起来，汁浓味鲜，如在天外，绝非调味能成。

我外婆说，当年我父亲之所以能得她青眼，在于送东西很聪明。那时节，寻常人家上门送礼，带的都是菜市场临时拎来的大块猪肉或一条鱼。独我父亲，送得很用心。开春上门，送一大袋淡紫香椿芽。我外婆便烧开一锅热水，将香椿芽烫一烫，拌了麻油；大块豆腐切好了，用水烫一烫，下一些盐，等一等，和香椿芽一拌，香味流溢，引得隔壁都探头。送隔壁两小碗，收获一箩筐感谢赞美，外加一把回赠的霉干菜。一家人就吃热粥与香椿芽拌豆腐，越吃越香，盘中豆腐见底了，还将盘中麻油香椿倒在粥碗里，拌一拌吃了。仲春时节，我父亲又送马兰头，还是一点麻油略拌，配上剁碎的豆腐干，又是一片清香，如行春郊。如此心思，瞬间就跟只懂得送猪、送鸡的年轻人拉开了距离。

法国人对煎蛋是很严格的，有些套路，大家都认同：锅子应当加热到太阳那么酷热，泼水上去，瞬间变成水蒸气，美国人或英国人那种冷锅温煎的蛋，简直该被罚去给生蛋的母鸡鞠躬道歉；要配得上好鸡蛋，好黄油自然不可或缺。

但真正的煎蛋者，会更进一步摒弃其他：不许加马德拉葡萄酒，不许加波特酒，加干酪或火腿增加口感都是邪门歪道。就是蛋、黄油和一点点盐，在滚热的锅里，下半个鸡蛋那么多的黄油，熔化成金色，下鸡蛋，薄盐，然后将松露切片。松露与鸡蛋在黄油中散发出的香味，乍闻会不太习惯，但的确是一种匪夷所思的味道：你难以想象鸡蛋能散发如此丰润轻软、醇香浓郁的味道。像大多数法国人珍爱的东西——葡萄酒、干酪、鹅肝似的，一旦你过了"这玩意儿味道好冲"这一关后，就会全然上瘾，然后觉得，世上的一切复杂调味，都没这么干脆利落、纯净浓厚。

（《作家文摘》2017年总第2044期，摘自《读天下》2017年第6期）

静静地吃一碗饭

周华诚

之前看日本电影，他们在吃饭前都会双手合十，说："开动喽！"一朵问我为什么要这样做。我想了想说，这样说一句，是提醒米饭做好思想准备，免得"啊呜"一口下去，米饭要被吓到。

清晨翻《日日之器》这本书，看到了这一段：

> 吃饭前先说声"开动"，表示对稻米与农夫的敬意。这是从日本人以米为主食的习惯中产生的用语，隐含了生活的严苛与温暖。每粒米，都蕴含自古至今所有农夫为了种稻而费尽心血的智慧，每思及此，都让我想静静合掌，表示感谢。

中国人相信，米饭是有灵性的——小时候一粒米饭掉在地上，老人绝不允许踩到它，而是会小心翼翼地拾起来，丢给鸡吃；在遥远的甘肃，一位姓韩的朋友也说，小时候老太不让孩子剩饭，说碗底有金银；稻穗遗留在收割后的田间，也是不被允许的事。

我本以为，只有中国人才是这样，因为大家经历过一场又一场的饥荒。其实，这不仅仅是饥饿记忆的后遗症。相信稻米有灵，不仅是中国传统文化的一部分，而且在以稻米为食的许多地方，都对稻米有着同样的尊重。《作为自我的稻米》一书中写道：

> 柳田（Yanagita）指出，在所有的作物中，只有稻米被相信具有灵魂，需要单独的仪式表演。相反，非稻米作物被看作"杂粮"，被放到了剩余的范畴。

例如，日本依然有一些习俗流传，证明稻米的神圣性。"如果某人踩到了稻谷，他的腿就会弯曲。如果用餐者哪怕把一粒米饭留在碗里，眼睛就会失明。"这也是《作为自我的稻米》里面提到的禁忌，对稻米失敬的人，将会得到相当严厉的惩罚。这样的惩罚，相信千百年来并没有人真正地应验过，然而，它依然对人们的行事起到告诫作用。

稻米的地位很高，在我的记忆中，敝乡下曾有一种迷信活动，如果有哪个孩子受到惊吓，晚上孩子入睡后，由大人盛满一碗大米，用手绢包裹，拎在孩子头上转三圈，说些"宝宝不怕，宝宝回家"之类的话，然后把米碗放在孩子枕边。第二天，小心地把米碗摆正，可能会出现一边缺角或是几粒米竖起来的现象。有经验的人从中就可以得出结论，孩子是在哪个方位被什么东西吓着了。

现在破除迷信，这样的占卜驱邪之事，已然没有人做了，怕是不久也会失传。但中国人的问题在于，什么迷信都破，破了以后，就什么也不信了。"信"，是一份约定，一丝敬畏，一种从内心里生长出来的做事规则。现在的人们，好些时候不再"信"，也就是什么都不怕了。不要说碗里剩几粒米，脚下踩几颗饭，就算是把有毒大米拿出去卖，在被抓进牢狱之前也照样可以喜气洋洋。

这是扯远了。然而对于米饭的尊重与敬畏，只有真正挥汗如雨的农夫，才有深刻的体会，并且把这种尊重与敬畏，延续到日常的生活当中。我的父亲，一介农夫，每一次在碾米的时候，都会极其认真与慎重，从不提前许多天碾米，而是吃多少，碾多少。听他说只有这样，才能保持大米的新鲜口感。平时，是把谷子储存在大型的木质谷仓中。

书上还说：

> 在日本文化和稻米作为主食的其他文化中，一个观念认为，每一粒稻谷都有灵魂，且稻米是生活在稻壳中，这是赋予稻米的一个基本意义。例如，传统上消费前会慢慢地脱粒，以防止稻米失去灵魂；稻谷不久就失去了生命成为"陈米"。

现在，不管是日本人还是中国人，大概都不会相信稻米具有灵魂，或是什么谷壳包裹之下存在着稻米灵魂这样的事。但是直到今天，父亲依然延续少量碾米的习惯。有人在网上下单购买我们家的大米，父亲都会头天傍晚才碾米，第二天一早把大米快递出去，还要叮嘱我说："记得告诉人家尽早把大米吃掉，不要存太久哦。"

前段时间，有一个"米饭仙人"流传很广。说的是，在日本，有一位叫村嶋孟的老人，在"煮饭"这件事上有着极深的道行——他将毕生心血倾注到做好一碗白米饭之中。这位老人童年身经战火，亦曾无家可回，流离失所，最艰难的时期，一度流落至捡面包配杂草充饥度日。那时他便认定："能吃到一碗热腾腾的白米饭，就是人生幸事。"也就是这样，后来他把毕生用来追求最简单质朴的幸福。人的生命很短暂，人也非常渺小，他从一碗米饭里，看见爱与人的本质。所以，他才一直坚持，用灶台煮出最好吃的白米饭。

一个一辈子煮饭的人，一个把饭煮得很好的人，在日本可以得到崇高的荣誉及尊重。这样的故事，令人感动。同样，日本还有一位人物达到"国宝级"，居然是一个保洁工。这位叫新春津子的保洁员，是在东京羽田机场工作。她的父亲，"二战"遗孤，日本人，母亲则是中国人。她十七岁时，举家迁往日本生活，那时她一句日语都不会说，总是被周围的人欺凌，恶语相向。从高中毕业开始，她就只好做起清洁工。没想到，搞卫生就此成为她一辈子的工作。可是，即使是这样，她也凭借自己的努力，取得了"日本国家建筑物清洁技能士"的资格证书。她能对八十多种清洁剂的使用方法倒背如流，也能快速分析污渍产生的原因和成分。现在，她上了电视，成了明星。她也出席演讲会，甚至还出了书。更令人意外的是，居然还有人专程跑到机场，对她说："您辛苦了。"

要我说，这样的故事，说来还真是平淡，一点波澜起伏都没有。可是，不知道为什么，听起来却有惊心动魄的力量。

这让我想起，静静地吃一碗米饭，是一件多么平凡却重要的事。一碗米饭，就是一份约定，一丝敬畏，一种从内心里生长出来的做事规则。日本人在吃完一碗饭时，常会说一句感谢的话，直译过来是，"为我的奔走"。我想，人的一辈子都在奔走，能静静地吃一碗饭，跟静静地做一件事，都是值得十分感恩的事情。

（《作家文摘》2016 年总第 1964 期，摘自 2016 年 8 月 4 日《北京日报》）

不过是一碗人间烟火

郭慕清

是夜。炖了一小锅萝卜牛腩，盛一碗，低头趴在碗上闻一闻，弥漫的热气扑到了眼镜上，摘下眼镜，用木质小勺舀一点，慢慢入口，有些烫，咂巴咂巴嘴，竟然是出奇的香。

汤里并没有放什么名贵的调味料和滋补药材，只有萝卜、牛腩、水和盐，简简单单，清清爽爽，味美大抵是因为熬久了一些。

熬得久，是一个挺有意思的词，于菜品，于人生，道理如一。有几年，日子过得比较艰苦，总是碰壁，也曾在深夜里痛哭。问父亲："为什么我这么努力，却没有收获？不是一分耕耘一分收获吗？"父亲答："熬得久了总会收获。"

就像田野里一望无垠的麦子，虽然饱经三九腊月的凛凛寒风，虽然在春天里憋着劲儿蹿个子，但哪怕差一分一秒熬不到炎炎夏日，麦穗就不能在阳光下发出金色的光芒。

熬得不久，还差一点火候，麦穗便不会低头，牛腩汤就不会鲜美，事情也不会功成。大道至简，煮菜看似煮的是一粥一汤，却包含着万千世界，不是吗？

　　说到由美食悟人生之道，有一个人不得不提，那就是汪曾祺。他的《谈吃》，文字明白如话，娓娓道来，将食材来历、食客品味和食宴氛围讲得头头是道。这酸甜苦辣的人生况味，在舌间萦绕，对生活的热爱也跃然纸上，世俗烟火和琴心雅韵相契相合，毫不违拗。

　　汪曾祺谈到昆明一处的炒菠菜甚是美味。为什么呢？油极大，火甚匀，味极美。他和蔡澜对吃的看法一致，推崇袁枚《随园食单》中所提的"素菜荤做"。

　　这讲的是用荤料来增添素菜的丰富性，挖掘简单食物的别样风致。就像是芦蒿炒腊肉，单炒野生芦蒿，会有些青涩，难以入口，但是在烹炒的时候，稍稍添一点点腊肉借味，就大为不同，更能尝出芦蒿的清和鲜。

　　真正的"素菜荤做"其实来自潮州菜。据说，清代康熙年间，潮州开元寺举办过厨师厨艺大比试，参加比试的皆为潮汕一带寺庙主理厨政的厨子，在比试项目中，便有烹制"八宝素菜"这一项内容。

　　"八宝素菜"是潮州素菜的传统名肴，是由莲子、香菇、草菇、冬笋、发菜、白菜、腐枝、栗子共八种纯素食材做成。有一位来自意溪别峰寺的厨师，十分聪明，也深谙素菜一定要荤做的食理，即这八种素食，一定要用肉类炆炖，荤素结合，味道才能浓郁。可是这次比试是在佛寺里举行的，绝不能携带排骨、老母鸡等肉类食材进寺。

　　怎么办呢？这位厨子久久苦思，终于想出了一个好主意。在比试的前一天，他在家先用排骨、老母鸡、赤肉熬制了一锅浓浓的汤，然后将一条洗干净的毛巾放在锅里煮，再把毛巾晾干。第二天比试的时候，他手提装满食材的篮子，将毛巾搭在肩上，把门的和尚没有发现肉类，便放他进去了。做菜时，他将毛巾放入锅中煮片刻，让毛巾中的肉味溶解到锅里，然后加在菜肴之中，从而夺得了比赛的头名。

《红楼梦》第四十一回里，贾宝玉曾道："这些破荷叶可恨，怎么还不叫人来拔去？"倒是林黛玉想起残荷听雨的美，谈到李商隐那首诗："竹坞无尘水槛清，相思迢递隔重城。秋阴不散霜飞晚，留得残荷听雨声。"秋夜寂寥，由天瓢泼下一场急雨，雨滴敲打在残荷上，脆响如铃，宛如天籁，让人能在繁华褪尽的萧索里，心生坦然对枯荣、静观世事沉浮的成熟和豁达。

绘一幅画，觅一份爱，和做菜其实并无二致，少不得那些看似错落，实则有致、入味的搭配。菜一素一荤，够香。书画的一枯寂一丰富，入禅化境。爱人性情的一急一缓，一英雄豪迈一温柔如水，彼此搀扶，情投意合。

这世界万物，道理万千，其实也不过是一碗人间烟火。

（《作家文摘》2016年总第1913期，摘自《财经国家周刊》2016年第2期）

辑二
往事的酒杯

说到底，酒杯也是灵魂的容器之一。

这容器的最深处，终究是一个人的快乐，一个人的哀愁，

或者一个人的迷茫。

就餐是一个节日

刘西鸿

节日来临，吃饭聚餐又成了一个事儿。在法国吃饭，对很多中国人来说是件"苦事"，想不到吧，吃法国人的饭有两苦：一是总感到吃不饱，二是吃的时间太长。凡在法国人家寄宿过的中国学生都有一个经验：开餐时端上一个铺着几片薄熏肉片的碟子，轮流给一桌子人分，每人谨慎挑一片放进自己的碟子；主菜上来了，是一盘烧土豆。对那些一顿可以吃一只整鸭的后生，这些法国菜还不够塞牙缝，离开餐桌后得到外面买零食充饥。可是去法国餐厅吃饭就是另一回事，整顿饭吃的时间特别长，所有法国餐厅的惯例就是吃饭时间长，从头道到甜点，要逐件上，逐个碟子吃完。法国餐厅的座位之间空间又特别小，等待每道菜之间，吃撑了的那个人，连站起来透口气的空间都没有。法国人又喜欢讲话，好像两个人面对面时沉默就显得没礼貌，必须找个话题，连讲带吃，去一趟餐厅，没有两三个小时下不来。

所以，我听到法国人抱怨不想一个人吃饭、认为单独就餐是件苦闷的事时就很理解。我们以为，一个人饿的时候能对着美食，那该有多自由，独自抓着红烧猪脚，躺在沙发上饮啤酒，想怎样就怎样，还抱怨什么。我一个表兄在法国就过不了单独就餐这一关，晚上从办公室回来，如果没有妻儿在餐桌等候，他就取消晚饭上床，久而久之，他们家老婆孩子学会挨饿到半夜都要等他回来一起吃，耐心倾听他在餐桌边诉说一天的漂泊，还有公司的烦心事，总之得等人齐了才举筷，成了规矩，这个规矩避免他们家任何人在厨房孤灯下闷声填肚子，避免"独食"这件心理上的悲苦事。

这几天，我们家一个老租客退租，我去把小房子重新装修，进到厨房才发现这个住了二十七年的单身租客，他的厨房里只有一个微波炉能加热，没有灶头、没有炉火。老租客是文化人，艺术细胞发达，四面墙壁连厨房都挤满书架，可以想象他长期把阅读当饭吃，长期以半条面包、几粒炒花生充饥。但一个人能在没有灶头的房子住二十多年，可见也是"一个人饭餐"的悲苦，把厨房拆了也罢。

按理说如果没有特别理由，一个人上餐厅确实有点古怪，等于说这个人孤独得没有朋友。但"食"实际上是一种态度。前几年，阿姆斯特丹有人开了"独食"餐厅，据说是为那些以"独食"为耻辱、宁愿不吃饭也不一个人吃的孤独者特别设计。这个餐厅所有桌子都仅设一个座位，让孤独者看起来不那么异类，以鼓励他们外出，避免被社交隔绝的感觉。有意思的是这个荷兰人发明的"独食"餐厅，在纽约、伦敦、柏林都开张了，但就是在法国行不通，法国人根本就认为就餐是一个节日，如果你是孤家寡人，还过什么节？

有时我想，有没有一两句话可以概括什么是法式生活艺术？法国时装设计师卡斯泰尔巴雅克这样说：法式生活艺术其实是一种"态度"。他举了吃饭的例子，外国人不明白为什么法国街边餐厅里一堆一堆的法国人花那么长时间吃饭。时装师说，法国人把时间花在吃饭上，表示这个时候法国人是"停下来"的。什么东西停下来？征服。法国人吃饭就表示他们停止"征服"了。一个人什么时候可以停止征服呢？就是在他征服了自己的时候。

人得要先征服自己。卡斯泰尔巴雅克在北非的摩洛哥出生，六岁返回法国读书，二十一岁创立自己的时装品牌，我们对他把法国名著《小王子》的头像挂在时装模特胸前特有印象，如果说色彩能表达乐观，卡斯泰尔巴雅克就是一个最具乐观精神的设计师，创造的浮华空间以色彩风靡世界。他把吃饭解释为人征服自己后的喜庆，很有意思。

（《作家文摘》2016 年总第 1922 期，摘自 2016 年 1 月 11 日《深圳商报》）

咖啡的颜色

王　樽

1

很难用另外的物品去形容，也很难用另外的颜色去比拟。比如，用蚕豆喻其形，用重枣或赭石言其色，都不够准确，不够直接，更不够传神。因为，咖啡不是茶，不是清水，不是果汁，更不是啤酒或烈酒。咖啡就是咖啡——咖啡的味道，咖啡的颗粒，咖啡的颜色。

不论食物，还是饮品，颜色始终是重要元素，有时甚至喧宾夺主。比如，约定俗成的品鉴序列——色、香、味，不知是有意还是无意，结果竟将"色"排在了首位，本该最为核心的目标——"味"却被排在了最后。可见人的舍本逐末，本性的好色胜过好质。而具体到咖啡，颜色从来不是其值得炫耀之所在。论清雅澄澈，不及任何或浓或淡的茶；论鲜艳，不如鸡尾酒或果汁的五彩缤纷；论性感，更不是气泡饮料、啤酒、冰激凌的对手。

咖啡的颜色内敛、平淡，甚至有些古板与乏味。有贬低者称其为"黑水"。

或许，恰恰是其颜色令人不足挂齿，反而让人更多关注咖啡的内在本质。也可以说，咖啡的魅力在于变化——不在颜色，不在浓淡，而在情态，以及必不可少的过程。

曾经有很多年，我迷恋波兰裔法国导演克日什托夫·基耶斯洛夫斯基的电影，其执导的《维罗尼卡的双重生命》《蓝》《白》《红》等名作都反复看过多遍。如同对经典作品的所有阅读，每次观看都恍若新看，总有新的发现，或被某些曾被忽略的桥段触动。值得特别提及的是，他的影片中有太多看似无足轻重的"闲笔"，让人反复回味，若有所得。比如，《蓝》中女主人公给咖啡加方糖的细节——那是丈夫和女儿因车祸突然去世不久，生无可恋的朱丽叶漠然坐在街边小店，咖啡杯搁在桌上，她将一块方糖放进去，整个大银幕都是方糖溶化的过程，热咖啡因方糖的溶解而轻微颤动，进而颜色也有由深及浅地轻微改变。因特写聚焦和被银幕放大，其真实的过程愈加凸显，也更意味深长。我曾反复观看和揣摩此细节，体味编导的意味，更体味在此情境中的朱丽叶的爱恨忧伤。后来，从基耶斯洛夫斯基生前的某次访问中，看到了他叙述此细节的拍摄幕后——为了拍出方糖在咖啡中能够快速溶解的效果，他让道具师买来各种不同品质的方糖，经过反复试验，最终才选择了最符合他要求的某种方糖。好像是品质较为粗糙的一种，因为溶化的时间较快。为此，我还曾专门撰文《大师总是处处匠心》，分析编导者的孜孜以求，以及由此延伸呈现出的人与物的微妙关系。

咖啡当然是一种过程，发现的过程，制作的过程，提炼的过程，消费的过程。其烘焙、酿造、制作，所带来的或隐或显的变化——颜色的深浅，味道的轻重，以及所映照出的眼前或背后的不同意味。

就像一个人需要成长，一件物品需要锻造。很少有人——我说是很少，不是全部，就像对世界的认识，永远都只是局部，很少有人从初始就能全盘接受，我指的是咖啡的颜色与味道。有人也许一辈子都拒绝、排斥，甚至嗤之以鼻。但他或她仍会承认，咖啡是一种情调，一种观念，一种兼具饮品与食品、品位与品格的特别滋味。

接受和享受咖啡的过程，酷似人生。需要感受、咂摸、适应、发现，从起初的苦涩，慢慢感觉特别，体会醇厚，进而迷恋、上瘾，乃至难以放弃，更无法割舍。

2

咖啡不单是一种饮品，更是一种生命的场景，意味着一种挥之不去的生活记忆。

谁都知道，咖啡馆的强大延伸功能是聚会、社交的场所。如同咖啡颜色的组合，看似纯粹的单色，却是多样的构成。既意味着兼容、宽容与包容，又意味着独立、特别、崇尚自我，独步天下。

米沃什曾写过一首诗歌，名字叫《持久的影子》，讲述在某个大城市——任何国家和任何语言背景都可能发生的某个场景——夜晚的咖啡馆里烟雾缭绕，客人拥挤，有位著名女歌星在献艺，其青黑的头发，白皙的肌肤，嘶哑的嗓音，颤抖的躯体，让诗人获得某种铭心刻骨的印象。很多年过去了，发生了很多事情，那个咖啡馆已完全没了印象，但那个女子的样子却与自己同在。诗人可能以为，如此强烈的印象，来自那女子的脆弱、美丽。我想，这个说法也许不错，但我更倾向于相信，是咖啡或咖啡馆陪衬的缘故。因为，任何的记忆都与背景密不可分，都是味觉、氛围的综合造就。人们记得某个人物、某件事情，都与其背景息息相关。就像人们观看某部戏剧，都与其布景相关。即使布景是抽象的造型，亦会在记忆中与剧情合二为一。《持久的影子》的核心，写的是没有点名的某位"著名女歌星"，其实，被诗人声言遗忘的咖啡馆，并不曾被遗忘或被忽略，它与那些人物一样，与诗人本人同在。

可以将咖啡馆进行分解——咖啡是咖啡，馆是馆。那么，咖啡馆中的人物呢？可以是某种影子，或者是某种气味——咖啡香浓的气味。其实，任何的物质和非物质，都是影子——记忆，人物，场景，气息。人物是记忆的影子，场景、气味更是，如同道家观念里的一切物象——都"如雾亦如电"。只有影子和影子的叠加，才会产生物象。换句话说，只有某种影子成为另外影子的背景，影子才会焕发出意义。

1981 年，法国导演路易·马勒将弗吉尼亚的某废弃旅馆改造成一家带餐饮的咖啡馆，并非是为经营与盈利，而是为利用，并且只非常短暂地利用。他在这间临时的馆所拍摄了只有一个场景的低成本英语电影《与安德烈晚餐》。需要稍微剧透一下，这部电影几乎没有情节，其全部架构是"我"（沃利）和安德烈在餐桌上的对话。曾经有个说法，世间最乏味的饭局就是两个老男人共餐。这部电影恰好如此，好在两位中年大叔虽其貌不扬，却尚善言辞，多少也有些不同个性，在看似完全即兴的对话里，表达了各自对生活、人性、社会的观察和感受。就像一切的生活闲聊，即兴而平淡，偶有意味深长，多数不咸不淡。有些潜藏深意，有些则日常随便。比如，沃利说到对电热毯的依赖："因为纽约的冬天很冷……这是很糟糕的一个环境。我不想试图想办法摆脱一些东西，那些能够给我带来安慰和舒适的。我是说，恰恰相反，我正在寻找更舒适，因为这个世界冷冰冰的。我是说，我正试着保护自己，因为，实际上，你看着的每一个地方都要避免被冷冰冰的打击击中。"谈到好莱坞大明星马龙·白兰度让印第安妇女去接受奥斯卡奖杯一事，安德烈评论说，这些越轨之举并不会让天下大乱了，因为"现在已经很难天下大乱了。如果你正在被自己的习惯操纵着，那么，你并不是在真正的生活"。安德烈还说："我们生活在一个由自己创造出来的幻想世界，而不是生活在一个有太阳有月亮有星星有蓝天之下的世界。"对于沃利与安德烈来说，两人的所有对话都与各自的经历与环境密切相连；而对电影观众来说，两人言说的内容也与当下的咖啡馆（大社会的缩影）分不开。有些时刻，两人的谈说盖过了咖啡馆存在的意义，或此时的咖啡馆仿佛无形。有些时刻，两人的聊天空洞乏味，意兴阑珊，咖啡馆的气场和氛围要强过两人所谈。更多的时候，两人的谈说，与咖啡馆的环境难分难解，相得益彰。

3

无疑，进入咖啡馆，就是进入了某种场域，某种情境。当事人是否感受到了，并不重要。因为，咖啡馆本身既是物质的空间，也是精神的空间。

还是以米沃什为例。他在 1944 年写的另一首名为《咖啡馆》的诗中，以唯一幸存者的视角，对着空中敲着手指，召集那些逝去的幽灵，并想象那些死者正望着自己发出笑声。就是在此诗中，在表达了存在的侥幸意识后，诗人紧接着传达出背景与自己生命同在的意识——"只有我劫后余生，活过咖啡馆里那张桌子。"而在诗人的晚年，即在 20 世纪的 80 年代后，米沃什将自己的一段谈话组合成诗，从清晨燕子的唤醒，谈到信仰、重逢、践踏、写作、文学的拯救等，更升华到"脱离自我"之后所感受到的"短暂和轻盈"，意识到自己与飞燕一样还活着，本我便获得了某种超越——"我是谁，原来是谁，都不十分重要。"该诗全篇没有写到咖啡和咖啡馆，但其背景却在题目中凸显出来，在标题的下面，诗人用一行小字交代："20 世纪 80 年代，在罗马康多迪大道，我和图罗维奇坐在希腊咖啡馆里，我说过类似下面的话。"

从诗的标题与内容关系看，背景又一次于不经意间，成为觉悟的映衬，语言的见证。

（《作家文摘》2020 年总第 2340 期，摘自《随笔》2020 年第 3 期）

水、茶叶和紫砂壶

黄永玉

水、茶叶和壶的讲究，我懂得很少。

从小时起，口干了，有水就喝水，有茶就喝茶。

我最早喝的茶叶，"糊米茶"。家人煮饭剩下的锅巴烧焦了放进大茶壶里，趁热倒进开水泡着，凉在大桌子上几个时辰，让孩子们街上玩得口渴了回来好喝。

喘着气，就着壶嘴大口地喝，以后好像再没有过。

据说这"糊米茶"是个好东西，化食，是饭变的，好亲切。

小时见大人喝茶，皱着眉头，想必很苦，偷偷抿过一回，觉得做大人的有时也很无聊不幸。

最早觉得茶叶神奇的是舅娘房里的茉莉花茶。香，原来是鼻子所管的事，没想到居然可以把一种香东西喝进口里。

到了福建跟长辈喝茶，懂得一点岩茶神韵，从此一辈子就只找"铁观音""水仙种"喝了。

最近这几十年，习惯了味道的茶叶不知到哪里去了。茶叶们都乱了方寸，难得遇上以前平常日子像老朋友的铁观音、铁罗汉、水仙种了。

眼前只能是来什么喝什么，好是它，不好也是它。越漂亮的包装越让人胆战心惊。茶叶的好不好要由它告诉你的为准，你自己认为好的算不得数。这是种毛病，要改！要习惯！

我喝茶喜欢用比较大的杯子。跟好朋友聊天时习惯自己动手泡茶倒茶。把普通家常乐趣变成一种特殊乐趣，旁边站着陌生女子，既耽误她的时光，也搅扰我们的思绪话头，徒增面对陌生女子的歉然。

我一生有两次关于喝茶的美好回忆。

1945 年在江西寻邬县，走七十里去探访我的女朋友（即目下的拙荆），半路上在一间小茶棚歇脚，卖茶的是一位严峻的老人。

"老人家，你这茶叶是自家茶树上的吧？"

"嗯……"

"真是少有，你看，一碗绿，还映着天影子。已经冲三次开水了，真舍不得走。"

"嗯……"

"我一辈子也算是喝过不少茶的人，你这茶可还真是少见。"

"唉！茶钱一角五。天不早了，公平墟还远，赶路吧！你想买我的茶叶，不卖的。卖了，底下过路的喝什么？"

20 世纪 60 年代，我和爱人在西双版纳待了四个月，住在老乡的竹楼上。

老奶奶本地称作"老咪头"，老头子称作"老波头"。

这家人没有"老波头"，只有两个儿子，各带着媳妇住在另两座竹楼上。

有一天晚上，"老咪头"说要请我们喝茶。

她有一把带耳朵的专门烧茶的砂罐，放了一把茶叶进去，又放了一小把刚从后园撷下的嫩绿树叶，然后在熊熊的炭火上干烧，看意思她嫌火力太慢，顺手拿一根干树枝在茶叶罐中来回搅动，还嫌慢，顺手用铁火钳夹了一颗脚拇指大小的红火炭到罐子里去，再猛力地用小树枝继续搅和。这时，势头来劲了，罐子里冒出浓烈的茶香，她提起旁边那壶滚开水倒进砂罐里。

罐子里的茶像炮仗一样狠狠响了一声，登时满溢出来，她老人家哈哈大笑给我们一人一碗，自己一碗，和我们举杯。

这是我两口子有生以来喝过的最茶的茶。绝对没有第二回了。

关于水。

张岱《陶庵梦忆》提到的"闵老子茶"用某处的水，我做梦都没想过。我根本就不懂水还有好坏。后来懂得了一点点。

就我待过的地方的水，论泡茶，我家乡有不少讲究的水。杭州苏州的茶水古人已经吹过近千年，那是没有说的。还不能忘记济南。至于上海，没听朋友提过，起码没人说它不好。广州，每条街都有茶馆，又那么多人离不开茶，不过就我的体会，它的水没有香港的好。两个地方的茶泡起来，还是香港的水容易出色出味。人会说那是我们广东东江的水，是这么回事。不过以前东江没去水的时候，香港的水泡茶也是很出名的。

故乡在我小时候煮饭都用河水，街上不时听到卖水的招呼声。每家都有口大水缸，可以储存十几担水，三两天挑满一次。泡茶，一定要用哪山哪坡哪井的好水，要专门有兴趣的好事之徒去提去挑回来的。

我们文昌阁小学有口古井名叫"兰泉"，清幽至极，一直受到尊重。也有不少被淹没的井，十分可惜，那时城里城外常有人在井边流连，乘凉讲白话。

乡下有墟场的日子，半路上口渴了，都清楚顺路哪里有好井泉，喝完摘一根青草打个结放回井里表示多谢。

习俗传下来有时真美！

我家里有一把大口扁形花茶壶，是妈妈做新娘时人送的礼物，即前头讲的冲糊米茶的那把。用了好几代人，不知几时不见了。

爸爸有时候也跟人谈宜兴壶，就那么几个人的兴趣，小小知识交流，成不了什么气候。

也有人从外头回来带了一两把宜兴壶，传来传去变成泥金壶，说是泡茶三天不馊，里头含着金子……

文昌阁小学教员准备室从来就有两把给先生预备的洋铁壶，烧出来的开水总有股铁锈味，在文昌阁做过先生的都会难忘这个印象，不知道现在还用不用洋铁壶烧开水泡茶。

这几年给朋友画过不少宜兴壶，他们都放在柜子里舍不得拿出来泡茶，失掉了朋友交情的那份快乐。傻！砸破了，镉上补丁再放柜子欣赏做纪念不也一样吗？

在紫砂壶上画水浒人物是去年和朋友小柳聊天之后就手兴趣做出的决定，也就当真去了宜兴。记得一个外国老头曾经说过："事情一经开始，就已完成一半，底下的一半就容易了。"

我很欣赏他这句话。

仅仅是因为年纪大了，找点有趣的事做做而已。

长天之下，空耗双手总是愁人的。

（《作家文摘》2017 年总第 2063 期，摘自 2017 年 6 月 11 日《文汇报》）

我想走进那则笑话里去

张晓风

　　围坐喝茶的深夜，听到这样的笑话：有个茶痴，极讲究喝茶，干脆去住在山高水洌的地方，他常常浩叹世人不懂品茶。如此，二十年过去了。

　　有一天，大雪，他烧水泡茶，茶香满室，门外有个樵夫叩门，说："先生啊！可不可以给我一杯茶喝？"

　　茶痴大喜，没想到饮茶半世，此日竟碰上闻香而来的知音，立刻奉上素瓯香茗，来人连尽三杯，大呼，好极好极，几乎到了感激涕零的程度。

　　茶痴问来人："你说得好极，请说说看，这茶好在哪里？"

　　樵夫一面喝第四杯，一面手舞足蹈："太好了，太好了，我刚才快要冻僵了，这茶真好，滚烫滚烫的，一喝下去，人就暖和了。"

　　因为说的人表演得活灵活现，一桌子的人全笑了，促狭的人立刻现炒现卖，说："我们也快喝吧，这茶好啊！滚烫哩！"

　　我也笑，不过旋即悲伤。

　　人方少年时，总有些耽溺于美。喝茶，算是生活美学里的一部分。凡是有条件可以在喝茶上讲究的人总舍不得不讲究。及至中年，才不免悯然发现，世上还有美以外的东西。

大凡人世中的美，如音乐，如书法，如室内设计，如舞蹈，总要求先天的敏锐加上后天的训练。前者是天分，当然足以傲人；后者是学养，也是可以自豪的。因此，凡具有审美眼光之人，多少都不免孤傲吧？红楼梦里的妙玉已是出家人，独于"美字头上"勘不破，光看她用隔年的雨水招待贾母刘姥姥喝茶，喝完了，她竟连"官窑脱胎白盖碗"也不要了——因为嫌那些俗人脏。

黛玉平日虽也是个小心自敛的寄居孤女，但一谈到美，立刻扬眉瞬目，眼中无人，不料一旦碰上妙玉，也只好败下阵来，当时妙玉另备好茶在室内相款，黛玉不该问了一句："这也是旧年的雨水？"

妙玉冷笑一声："你这么个人，竟是个大俗人，连水也尝不出来！这是五年前我在玄墓蟠香寺住着，收的梅花上的雪，统共得了那一鬼脸青的花瓮一瓮，总舍不得吃，埋在地下，今年夏天才开了，我只吃过这一回，这是第二回。你怎么尝不出来？隔年蠲的雨水，哪有这样清凉？如何吃得？"

风雅绝人的黛玉竟也有遭人看作俗物的时候，可见俗与不俗有时也有点像才与不才，是个比较上的问题。

笑话里的俗人樵夫也许可笑——但焉知那"茶痴"碰到"超级茶痴"的时候，会不会也遭人贬为俗物？

日本的 16 世纪有位出身寒微的木下藤吉郎，一度改名羽柴秀吉，后来因为军功成为霸主，赐姓丰臣，便是后世熟知的丰臣秀吉。他位极人臣之余很想立刻风雅起来，于是拜了禅僧千利休上道。一日，丰臣秀吉穿过千利休的茶庵小门，见墙上插花一枝，赶紧跑到师父前面，巴巴地说了一句看似开悟的话："我懂了！"

千利休笑而不语——唉！我怀疑这千利休根本是故布陷阱。见了花而大叫一声"我懂了"的徒弟，自以为可以去领"风雅证书"了，却是全然不解风情的。我猜千利休当时的微笑极阴险也极残酷。不久之后，丰臣就借故把千利休杀了，我敢说千利休临刑之际也在偷笑，笑自己有先见之明，早就看出丰臣秀吉不能身列风雅之辈。

丰臣秀吉大概太累了，"风雅"两字令他疲于奔命，原来世上还有些东西比打仗还辛苦。不如把千利休杀了，从此一了百了。

相较之下，还是刘姥姥豁达，喝了妙玉的茶，她竟敢大大方方地说："好虽好，就是淡了些。"

众人要笑，由他去笑，人只要自己承认自己愚俗，神经不知可以少绷断多少根。

那一夜，在众人的哄笑声中，我真想走到那则笑话里去，我想站在那茶痴前面，他正为樵夫的一句话气得跺脚，我大声劝他说："别气了，茶有茶香，茶也有茶温，这人只要你的茶温不要你的茶香，这也没什么呀！深山大雪，有人因你的一盏茶而免于僵冻，你也该满足了。是这人来——虽然是俗人——你才有机会可以得到布施的福气，你也大可以望天谢恩了。"

怀不世之绝技，目高于顶，不肯在凡夫俗子身上浪费一丝一毫美，当然也没什么不对。但肯起身为风雪中行来的人奉上一杯热茶，看着对方由僵冷而舒活起来，岂不更为感人——只是，前者的境界是绝美的艺术，后者大约便是近于宗教的悲悯淑世之情了。

（《作家文摘》2015 年总第 1843 期，摘自《张晓风散文精选》，张晓风著，浙江文艺出版社 2013 年 9 月出版）

往事的酒杯

苏　童

我父亲不喝酒。他爱抽烟。家里除了黄酒瓶子，我几乎没见过其他酒瓶。

但我的两个舅舅爱喝酒，他们不抽烟。我们三家人住在互相紧邻的房子里，各家的空气似乎总忙着竞争，我们家有烟味，但我两个舅舅家经常飘出酒香味来，酒香自然轻松胜出。这是我小时候便懂得的常识。

我大舅家境较为富裕，讲究吃，我大舅妈擅长做红烧肉，做了红烧肉我大舅必然要喝一盅。他们家的晚餐桌上酒香肉香齐飞，喧嚣着飞到我们家，我总是被肉香吸引，吸引得不能自已，便穿过天井，到大舅家打开大门，往大街上看一眼，然后匆匆地往回走，算是投石问路。我小时候便有羞耻心，羞于开口向人索要，但我的目光无法伪装，总是火辣辣地投向那碗红烧肉。每逢这时，我大舅便尴尬地微笑，他的目光看向我大舅妈，似乎是征询她的意见，但无论她的表情是否活络，舅舅就是舅舅，一块红烧肉会被我大舅夹在筷子上，然后我会听见一个天籁般的声音："来，吃一块。"

　　我现在一直在回忆一件事：我大舅当年喝的是什么酒？可怎么也记不起来了，只确定是白酒，想想这遗憾，真应了"醉翁之意不在酒"这话。我脑子里只惦记着红烧肉，当然记不住他喝的是什么酒了。

　　我三舅家住在隔壁。他家也清贫，餐桌上的货色与我家差不多一样，白菜、青菜、咸菜之类的，无甚风景，但他人穷志不短，爱喝几口酒。是五加皮。这个我之所以记得很清楚，原因也简单，我对他家的餐桌没兴趣，轻蔑地望过去，忽略一切，就记住桌上的那个酒瓶子了。

　　我第一次喝酒是在北京上大学期间。有个黑龙江的大同学来自体工队，爱吃朝鲜冷面，爱喝啤酒，冷的碰凉的。他带我们去府右街附近那家延吉冷面馆去吃冷面，就在当时的首都图书馆斜对面。一群大学生不进图书馆，一头扎到了冷面馆，毫不汗颜。我们随大同学点单，每次都要一碗冷面，伴以一扎散装啤酒。当时习惯说一升。一升80年代的北京啤酒装在大塑料杯里，泛着白色的泡沫。白色的啤酒泡沫一如虚荣的泡沫，要喝，喝下去太平无事，但就是没有实际意义，还胀肚。我在回学校的公交车上一直想着教二楼的厕所。为什么呢？因为那是离北师大大门最近的厕所。

　　第一次醉酒是在大四那年了。春天的时候，学生们都下到河北山区植树劳动，大家天天觉得饿，吃了上顿惦记下顿。忘了是哪个同学饿得揭竿而起，提议大家抛下组织纪律，结伴去县城上饭馆，打牙祭。我积极响应。我现在已经忘了在那个燕山山区的县城小饭馆吃了什么，却记得席间那瓶酒。

　　那是当地小酒厂生产的粮食烧酒，名字竟然叫个白兰地，极其洋气。我们都清楚那不是白兰地，但那烧酒给人以一种美好的感觉，醇厚，颇有劲道。恰逢我们的杨敏如老师刚刚在古典文学课堂上给我们讲过李清照，她太爱李清照了，或许也是爱喝几口的人，讲起"薄醉"，怕学生不懂其意蕴，竟然言传身教，在讲台上摇摇摆摆走了几步，强调说，薄醉是舒服的醉，走路就像踩在棉花上！我们在小酒馆里谈论杨敏如老师与薄醉，大家都有点贪杯，要寻找薄醉的滋味。令人欣喜的是，走出小饭馆时，我脚下真的有踩棉花的感觉，头脑亢奋却清醒，我听见我的同学们都在喊："薄醉了，薄醉了！"

学生时代结束，喝酒便名正言顺了。毕业工作之后，一张巨大的社会大酒席召唤着你，一般来说，绕开它是很难的，何况你不一定想绕开它。"喝酒喝酒喝酒！""干了干了干了！"无论走到哪里聚会做客，那声音都会像空气一样追随你，不同的人对那声音有不同的好恶，要么像苍蝇，要么像福音。

但我的青年时代其实怕酒。饮酒之事，在我看来更像一种刑罚，所谓薄醉的滋味，竟无法与之重逢。如果一个人想起酒来，想到的是酒臭与呕吐，这不免令人沮丧，是酒的遗憾，也是人的过错。我不怨自己的酒量，下意识地将其归咎于酒桌上的"恐怖主义"。具体地说，我认为很多地方的酒桌上没有李清照，只有"恐怖分子"。正如恐怖主义也有自己的信仰，酒桌上的"恐怖分子"也坚守信仰，他们的信仰是酒文化。酒文化中一个重要的细节是劝酒。各地劝法不同，各有规矩方圆，但基本目标是一致的，劝到客人一醉方休，劝到客人烂醉如泥，只要不出人命，都称其为"喝好了""尽兴了"。

我在杂志社做编辑时经常随团去苏北采风。有一次采风途经六县，六个接待方对我们都热情如火，每地停留两天，每天必喝两场酒。此地劝酒文化极其灿烂，灿烂得过分。每顿饭必须至少举杯三次，不算多，但每次举杯必须连饮三杯。你若是尊重地主讲究礼仪之人，每一顿至少要喝九杯。九杯属于"多乎哉，不多也"的范畴，但这不过是个基础。当地人的劝酒技术不会让一个小伙子只喝九杯了事，因此有同乡喝三杯，同龄喝三杯，属相一样喝三杯，姓氏一样喝三杯，最后是相同性别的要喝三杯。我记得当年我是多么友善，又是多么爱面子，明明已经被吓得不轻，却强充好汉，无奈酒量有限，十几杯二十几杯酒下去，只好摸着翻江倒海的肚子冲去厕所，没有一醉方休的幸福，只有一吐方休的痛楚。我还记得那时候下苏北，总是这样的一去一回，去的时候朝气蓬勃像张飞，回来的时候病歪歪的满腹怨言，真像李清照了。有一次坐汽车回南京，身边的朋友告诉我，我一直在睡觉，梦呓的声音很单调："不喝了，不喝了。"

往事不堪回首，其中有一部分往事是浸在酒杯里的。年复一年的酒，胜似人生的年轮，喝起来滋味不一样，但总是越来越沧桑、越来越绵厚的。有一年，前辈作家陆文夫到南京开会，晚上大家聚餐饮酒，我冷眼看见他独自喝酒，喝得似乎孤独，便热情地走过去要敬酒，结果旁边一同事拉住我说："千万别去，他不接受敬酒，他很爱喝酒，但一向是自己一个人慢慢喝的。"

对于我那是醍醐灌顶的一刻。原来一个人喝酒是可以与他人无关的。与傲慢无关，与自由有关。我至今难忘陆文夫坐在那里喝酒的姿态，如同坐禅。那种安静与享受，不是出于对酒最大的尊敬，便是最深的爱了。

我爱酒多年，至今还经常奔赴各种酒席与朋友一起喝酒。无朋不成席，这是常识。但说到底，酒杯也是灵魂的容器之一。这容器的最深处，终究是一个人的快乐，一个人的哀愁，或者一个人的迷茫。很欣慰地发现，如今这也快成常识了。

（《作家文摘》2020 年总第 2327 期，摘自 2020 年 4 月 8 日《中华读书报》）

日本酒

人　邻

有人告诉我一种日本酒，叫上善若水。

上善若水，也是可以用作酒名的吗？略略惊心，转而却折服于其深意。酒的柔和清醇，若善若美，若美若善，终归是善的。弥漫，没有来由，却能随物赋形。饮这酒的人，若有人，亦无人。

也有一种，叫度舟。读音叫人猛然想起赌咒、毒咒。会有人起这样奇异的酒名吗？域外，某种香水，叫毒药，人却执意痴迷，一是近乎疯狂。若以赌咒、毒咒为酒名，有人买吗？一定的。隐含着什么，区区一盅，可以与人无形中较量的。

醉心，男山，春莺啭。

醉人，人就俗了。要醉心，才好。这酒是要在冬末初春，收拾干净了，竹帘挂了，微寒，却提了白铜的火盆儿，窗前用锡的酒壶温了酒，读两句什么，再读几句，细细抿一口，再抿一口。酒热热的，忽然觉得帘子外面隐隐有鸟鸣，有点欢愉的鸟鸣，远，也近。

明眸。明眸真好。一个明字，多少美好。一个倾心的女子，明眸里多少爱意。对饮这酒，看明眸，怎忍得不认认真真浮一大白。

明亮亮的爱，不是"月上柳梢头，人约黄昏后"，而是明亮亮地牵着手，沿着白堤荷塘散步。累了，停下那一会儿，也并没多少掩饰，那爱要溢出来，哪里掩得住。

雪姬。安静而冷，冷冷抑制着的热。热，只是在心里深藏着，为一个什么人安安静静藏着。看似冷的，如雪，热起来，瞬间就融化了。烫人。也有人论日本女子，说看起来是冷的，心里一旦动了热，是不管不顾的。还有，看起来柔弱，其实很坚韧。

风水人。风水人，风与水之人，像是刘基《松风阁记》里的老僧那样，给人识透，毫无窘态，只微微一笑，"偶然尔"就过去了。问与答，都妙。妙在问似非问，答似非答。这样的饮者，是不须菜肴下酒的，一丝风，一缕雨，凉凉的，松风的味儿，柳雨的味儿，新鲜鲜的，就恰好。

晴耕雨读。朴实亦浪漫。古代生活虽不再来，却不妨自我营造。饮这酒，几样菜也要朴素，如芦笋、蕨菜、竹荪，山野的青白味，撒一点白盐，抑或就是淡淡的本味，都好。

一人娘，据说大概是独生女的意思。这酒也和绍兴的女儿红近似吧。这样的酒名，叫人心仪，心生爱慕。小酒馆的老板外面欢快支应着，后堂隐隐约约有两个人，一老一少，两个女人说话的声音。仔细听一个是女孩子的声音，刚一声，忽然就没了。这就是一人娘吧？酒，接着喝，喝了半天。什么味儿？是不知道的。饮酒的人心不在焉呢。

空。空，这酒名好。可凡人喝不得。境界太高。空而满，满而空的人，才喝得。先去修炼吧。且修炼了，却忽然觉得，空本不是修炼的。有即空，空即有。没有那慧根的人，不必。

洗心。殊好。酒入喉，款款下，有如洗心。酒洗了的心，什么样呢？得有好的定力吧，不然，洗了的心，山欲静而风满楼的。

晚酌。好。真的好。傍晚是饮酒的好时候。先是灯烛，渐渐，灯烛的亮矮下去，半明半昧，不想添灯油，凝神看看，依旧慢慢饮，一直到灯烛，突地熄了。可是月亮呀，升上去了。半垂着的竹帘，月光透过，案上是好看的细细光影，风吹拂帘子，光影水一样荡漾，好看得要叫人难过了。一边饮酒，一边用手指怜惜地触摸染了细细光影的酒盅，忽地，真的难过起来。

天，也是酒名。天这酒名，好，却是奇怪。想写点什么，空落落的，落不下笔。落不下笔，也就不落吧。仰脸看看就是，即便低着头，也是知道苍天在上的。低低地喝一口酒，不敢说话，天太高了。

黑松白鹿，烂漫，舞，黑瓮。都是酒名。好酒名。

黑瓮好。神秘。闭锁。也有如修炼的闭关，小半山上，一个人隔绝了人世。即便送饭食，也是两道隔板，不宜见面的。黑瓮，酒之未启，滋味酒人如何知道？不知道，就是天意了。

最妙是一滴入魂。真是神鬼之思。告诉我酒名的那人说，见这酒名，心里陡然一凛。凛字用得真好。

（《作家文摘》2019 年总第 2266 期，摘自《钟山》2018 年第 4 期）

食以情动人

张小娴

　　我吃过最奢华的早餐，是某年在泰国普吉岛海边餐厅的一只龙虾和巴黎五星级酒店的法国香槟跟一大盒手工巧克力，味道早已经忘记，只是多年以后还是觉得，一大早这么吃有点任性；这任性，也因为年轻。假若这就是我在世上的最后一餐，我可不愿意。有些滋味，当时美好，后来却只是回忆里的某个早上。

　　几年前读过一本充满情味的书，作者访问了多位世界级名厨，每个人收到的问题是一样的：假使这是你的最后晚餐，你想吃什么？在哪里吃？跟谁吃？结果，大部分名厨想吃的东西寻常之极，想喝的酒也不是天价的红酒，而是一瓶用来欢庆的香槟。他们大半生在高高挂着米其林星星的华丽餐厅里埋头苦干，一双巧手变出一道又一道梦幻般的美食，最后的晚餐，却希望在家里和家人吃，也不介意厨艺跟他没法比的另一半下厨。答案出人意料却也温暖动人。

　　到了人生的最后一餐，你想吃什么？喝什么？谁陪你吃？或者说，有谁会陪你吃？人一辈子吃那么多东西，早就消化掉了，仍暖暖地留在胃里的，终归不是什么珍馐美味，而是最长情的陪伴。

爱情就像吃饭，年轻时吃香喝辣，恃着有大把青春可以消耗身上的脂肪，常常不知节制。后来开始变得讲究，只挑好的吃。年纪不轻了，胃口也没那么好，追求的是健康，渐渐爱上青菜豆腐和五谷杂粮，明白唯有这些味道可以一直吃下去。这吃的，就是人生。

找一个爱的人，就是找那个余生也会陪你吃饭的人，夏天分着吃一杯刨冰，冬天一起吃火锅。不必两个人都爱吃鸡腿，你喜欢啃鸡腿，他喜欢啃鸡背的肉，也是一种契合。你会笑着质问他什么时候偷偷吃掉你藏起来的巧克力，他也会下班后特地绕路去买一块你喜欢吃的蛋糕带回家给你。爱情怎么离得开肚子？又怎么脱离得了口腹肠胃？缘尽了，就是从今以后不再一起吃饭了，坐在我餐桌边的，不再是你。

我们都曾经渴望爱情是一场盛宴，最后想要的是一家子的寻常晚饭。

美酒佳肴固然是好，天天吃却会吃坏肚子，就像激情无法长久，痴心也有用完的一天。西红柿炒蛋、凉拌苦瓜、包子面条、清粥小吃、萝卜煮鱼，才是百吃不厌的隽永的滋味。漫长的相守，总是离不开吃的回忆：某年秋天在路边小店吃的豆浆蛋饼、分着吃的蓝莓冰激凌和一碗漂着油花的热腾腾的汤面、异国旅途上一盘刚烤好的香软的牛角面包……所有这些记忆的味道，总有一些长留心上。人间烟火，饮食男女，琐碎如斯，却也是活着的味道。生活可以没有爱情，爱情却是要去过生活的。

流年似水，只想每年都跟你吃年夜饭，然后抱着暖洋洋的肚子走在烟火灿烂的除夕里，走在明天的第一道晨光里，走在每个雪花纷飞的星夜里，和你看尽人间春色，尝过四时之味，直到味蕾都老了,渐渐领略人生的况味。肚子的温暖,也是人世的温暖,红尘做伴,形影相依,在世间的无常聚散里始终有你,甜酸苦辣麻咸香,相濡以沫,你是最好也最熟悉的味道。我们一起老在自家的餐桌边就好。

(《作家文摘》2015 年总第 1880 期,摘自《你会想念你自己吗》,张小娴著,中信出版社 2015 年 9 月出版)

异乡饭

小　宽

　　有一年我去了法国，是一次美食美酒之旅，从巴黎出发，经香槟，到勃艮第，再去博若莱、普罗旺斯，一路上美景无限，美食无限，米其林的厨师、城堡酒店、各种酒庄、在酒窖里品酒……算得上一次美差，十几天下来，最后在返回巴黎的火车上，同行的一个小伙子从包里取出两包榨菜，我们惊声尖叫，亲切无比，像是排队领圣餐一样，一根根平均分配，就像上甘岭的那枚苹果。我把榨菜丝卷在面包片里慢慢咀嚼，其实不怎么好吃，但依然吃得津津有味，这哪里是榨菜，分明是乡愁一种。如果我们再在法国住上一个月，遇到一瓶老干妈辣酱都能把它当成精华露抹在脸上。

　　对故乡食物的忠诚，举世皆然。19世纪的中国，住在通商口岸的外国人的日子远远没有我们想象的安逸，其中痛苦之一就是吃不到家乡味。后来成为英国驻华公使的哈里·帕克斯十三岁就来到了中国，吃了无数中餐，胃依然是英国胃。他1850年回到英格兰，第一站就是找了一家上等牛排店，点了一份英式牛排，同时还要了炸薯条和啤酒。在日记中，他这样写道："因为我催得太紧，牛排做得很差，薯条还有些生。尽管如此，我依然认为这顿饭实在是美味极了。"

一方面，随着信息的通畅与交流的无碍，关于饮食的芥蒂慢慢消弭，在北京也能吃到地道的法式大餐，在纽约吃到一家川菜餐厅，味道比四川还四川。而另一方面，随着城乡二元体制实际上的消解，故乡的概念也慢慢消逝，回忆中的故乡不复存在，只能在舌尖上复活。

一个人小时候的口感，决定了他一生的口味偏好。同时，回忆总是能美化现实，食物也是一样，被时间的滤镜柔化，当年的折箩菜也胜过如今的大龙虾。有一次，我陪着老婆回到她上高中的学校，去找她读书时经常吃的麻辣烫。做麻辣烫的阿姨居然还认识她，麻辣烫据说也还是旧时的味道，她吃得津津有味，最后还打包了一点作料。其实有那么好吃吗？她也仅仅是从中吃到了自己十几岁时候的滋味，心生感慨罢了。至少这些打包带回去的，没有吃，就顺手丢掉了。

人在异乡，回忆故乡的吃食，回忆小时候的味道，这是人生固定程序，证明自己活过爱过。

许多人都消匿在历史中，比如孟元老。他的身世经历都不可考，却留下了一本书《东京梦华录》。在北宋南迁之后，他细细回忆东京生活的种种细节，我最喜欢看的是那些与食物相关的篇章，北宋东京的繁华似乎都在舌尖复活。

与孟元老相似的作者还有不少，1949 年之后，许多文人去了台湾，或者浪迹海外。看唐鲁孙、白铁铮、齐如山、高阳、梁实秋等众多文人的美食文章，字里行间都写满了乡愁。

许多人都写过追忆食物往事的文章，我最爱读的是一个女人写的，叫李玉莹，她的丈夫是知名学者李欧梵，在这本《食物的往事追忆》的扉页上，还写着"献给我的馋嘴猫丈夫李欧梵"。李玉莹之前没有写过文章，她是一个保险公司的从业人员。她小时候住在香港九龙城的一栋旧楼里，她和哥哥、外婆住在里面，那些与外婆相关的吃喝经历，由她娓娓道来。她讲小时候天天吃外婆做的猪油捞饭，看外婆如何把猪网油一点点切开，熬猪油，"撑开的网状脂肪令我联想起做棉被的棉纱，条条棉纱纵横交错连成网状，也是纯白色的，仿佛织成一个接着一个白色的梦"。许多年之后，在元朗她又吃过一次，已经和小时候的味道有许多出入，因为小时候贫寒的时光、外婆的温情、等待猪油捞饭的渴盼都不存在，那种奇异的滋味只在回忆中珍藏。

在写这段文字的时候，我正在大海上航行。而今我四处奔波，许多时间都在路上，去全国各地，寻找各地隐匿已久的吃食，每个月都会出几次远门，去江南，去西部，去云贵川。走四方，吃四方，每到一地都觥筹交错，饭菜鲜美，各种好吃的东西应接不暇。

太热闹了，反而忘了清冷的滋味。就如同现在，我们乘坐的游轮行驶在海面上，我有点饿了，此刻最想念的吃食是奶奶做的面条，那是在 1985 年秋天的午后，我在老房子午睡，奶奶在外屋和面，醒面，抻面，做面条，打卤，用的是茄子和肉丁，还有一碟花椒盐水，切了黄瓜丝、青萝卜丝，还准备了豆芽菜，院子里种满了花，奶奶在花香里穿行，逐渐远去，而故乡，它不在任何地方，它只在你回想的时候，在舌尖上醒来。

（《作家文摘》2020 年总第 2334 期，摘自《龙门阵》2015 年第 10 期）

欢 喜

胡竹峰

　　一朵菊花泡在玻璃杯里，浅浅，淡淡，浮浮，沉沉，仿佛向日葵。一杯黄，从金黄到浅黄到淡黄，喜气在焉。喝了几口，微苦泛香，香、甜、润，不独喜气在焉，几欲喜心翻倒。

　　冒鹤亭为胡汉民诗集求序陈衍，作书力称胡诗大好："公读其诗，当喜心翻倒也。"石遗先生不快，感慨冒鹤亭天资敏慧，可惜专心并力作名士，未能向学用功。说喜心翻倒是喜极悲来意思，出自杜甫"喜心翻倒极，呜咽泪沾巾"一句，冒鹤亭误认为喜极拜倒，岂老夫膝如此易屈邪？到底老夫子，倔强固执。

　　喜心翻倒，是说喜而不能自持，并不一定是拜倒，与膝易屈无关。宋人陈与义诗《得席大光书因以诗迓之》中有"喜心翻倒相迎地，不怕荒林十里陂"句。查良镛先生《书剑恩仇录》说周仲英老夫妇晚年得子，自是喜心翻倒；《鹿鼎记》中康熙乍闻父皇尚在人世，虽仍不免将信将疑，却已然喜心翻倒。

　　盛开在水里的菊花，让我喜心翻倒。

　　花叶的流年，一杯漂浮着菊花的澄净之水。花有流年吗？

《述异记》上说，西海中大食王国，有一方石，石上多树，树干红色叶子倒是青的，枝上总生小儿，长六七寸，见人皆笑，动其手足，头着树枝。使摘一枝，小儿便死。这果子遇金而落，遇木而枯，遇水而化，遇火而焦，遇土而入。《西游记》中人参果之来历，当即本此。

地仙之祖镇元子的万寿山五庄观有人参果树，是一棵天开地辟的灵根。那果子三千年一开花，三千年一结果，再三千年才得熟，只得三十个，短头一万年方得食。果子模样，就如三朝未满的小孩，四肢俱全，五官兼备。人若有缘得那果子闻一闻，能活三百六十岁，吃一个，能活四万七千年。

猪八戒食肠大，口又大，馋虫拱动，却才见了果子，拿过来张开口，轱辘地囫囵吞咽下肚，白着眼胡赖，问行者、沙僧："你两个吃的是什么？"沙僧回："人参果。"八戒道："什么味道？"行者道："悟净，不要睬他！你倒先吃了，又来问谁？"八戒道："哥哥，吃得忙了些，不像你们细嚼细咽，尝出些滋味。我也不知有核无核，就吞下去了。

书上说唐僧自服了人参果，真似脱胎换骨，神爽体健。

《西游记》是喜心之书。《红楼梦》也是喜心之书，读得人心里满是光明喜气。韶华之美，景物之美，风月之美，皆是人间大美。

存有一套程乙本《红楼梦》。近年迷恋线装书，买了《金瓶梅》，买了《红楼梦》，买了《论语》，也请回了佛经。线装书美在古朴素雅，藏青色封面，竖式的题签，一份沉静浸润而出，如芝兰之香，如清茶之味，如古琴之韵，弥醇弥厚。《红楼梦》每年会翻一翻，很久没有读《西游记》了，也很久没有读《封神演义》。电灯、油盏、蜡烛下，神魔共舞，莲花盛开，仿佛昨日，实则过去了二十几年。

喜心易碎，流年似水，喜心仿佛是风化多年的朽木，一碰就散落一地。庆幸遇见那些本书，读了几十年，人生跌宕起伏，心里平平安安，时有欢喜。

汉光武帝当年在春陵城中。望气者说城中有喜气，赞叹："美哉王气，郁郁葱葱。"春陵一带我去过，植被丰茂，郁郁葱葱。古人以为皇帝不是凡人，又说汉光武帝出生时一屋子红光，大放光明。这一年来了凤凰，有水稻一茎九穗，不同一般禾苗，县界大丰收，因此取名刘秀。

古人术数中有望气者一类。墨子说凡望气，有大将气，有小将气，有来气，有败气，能得明此者，可知成败吉凶。《史记》对望气占卜法做了介绍，仰望云气能达三四百里，登高则能看得二三千里。观测云气，预测吉凶顺逆。气色光明则发兴，气色暗淡则败落，气呈红色则巨富，气呈黑色则有祸，气呈紫色则大贵。据说曹丕出生时，有浓郁的青色云气，圆如车盖，终日笼罩其身。望气者说这是至贵征兆，非人臣之气。

三国时，望气者说荆州有王者之气，将破扬州，不利于建邺宫。吴主孙皓迁都武昌，以制荆州王气，后来又大肆征发民众，掘开界内大臣或名家坟墓，以泄王气。实不知损了自家福报，终是做了亡国之君。素车白马，两手反绑，衔璧牵羊，大夫衰服，把棺材装在车上，率领太子孙瑾去晋军营门投降去了。

北魏拓跋焘在位时，望气者说上党壶关大王山有天子气。拓跋焘至此地巡狩，以压制"王气"，又用巨石在大王山上堆砌，厚达三层，断绝王气了。王气是帝王运数的祥瑞之气，王气里该有喜气。

大动干戈本非祥瑞，损了喜气。拓跋焘终是死于宦官之手，享年不过四十五岁。

北京有王气，游故宫、颐和园，处处可见王气，尽管是前朝王气，喜气隐隐闪动。王室喜气如红茶，内敛。民家喜气是酒，热闹。乡下春节，红衣红帽红灯笼，并无王气，喜气却足。苏轼诗里说："门前人闹马嘶急，一家喜气如春酿。"春酿是春天酿的酒。贾思勰《齐民要术》上说，"冬酿十五日熟，春酿十日熟"。

古人十月获稻，初冬时以新米酿酒，春时方出，是为春酿。我老家至今仍有此风俗。五谷收仓，稻草垒垛，六畜在栏，地旷天清的日子里正适宜酿酒，是甜甜糯糯的米酒。春酿稀少难得，故有春酿贵如金之论。唐人有诗道："春酿正风流，梨花莫问愁。"到底此中有喜气，冲淡了梨花白里的春愁。宋人周密也感叹："薰然四体知，恍若醉春酿。"

春日里喜气多，柳芽第一喜，桃花第二喜。柳枝发芽了，初春在路边散步时遇见，心头一愣，马上欢喜起来。春天来了，流水清澈无邪，映照得春日风月没有一丝轻薄。

春一点点深，红色的花渐渐淡下去，深红的颜色变成了绯红，绯红又变为浅红。最后，一切红消失的时候，大片的绿则呈现出一片肃穆葱郁的神色。喜气不改，欣欣向荣。欣欣向荣四字大好，是我心头好。

欣欣好，向荣更好，欣欣一好，向荣更好，好在喜气，欣欣向枯如何？菜籽、芝麻、大豆之类榨油后有渣滓：菜枯，麻枯，豆枯。小时候学校旁边有家榨油坊，醉人的油香味滚滚冲冲，觉得喜气。油香是贫瘠岁月里的膏腴。茶里有喜气，酒里有喜气，油里有喜气。

　　日常欢喜，不过柴米油盐酱醋茶。闲来两盏茶，三杯酒，推门是生，闭户是活，生与活凝结成人间烟火。人间烟火不多见了，炊烟是安宁药，疗乡愁疗清愁。远远看见那些炊烟，炊烟里是柴火饭的清香。

　　逢婚庆、洗三、做寿，越发欢喜。婚庆不必说，陶陶然有蒸腾的喜气。来客人人衣帽齐整，喜笑盈盈，儿童的眼里越发觉得气氛嫣然。做寿时，浅口的竹篮里装一层寿桃，堆在里屋，又富贵又安详。有时配以寿仙模型，越发多了欢喜。

　　寿桃有两种。一种为夹层松糕，大小不一，将糯米、粳米、红米磨粉加糖加玫瑰酱，和成团，放甑笼蒸熟。糕皮松软，色泽红艳，口味清甜。还有一种是将糕粉做成寿桃形，夹层多为豆泥、果仁，与寿糕一起，更添喜气。寿桃多为摆设，分送亲朋好友，共沾喜气。

　　吃满满的饭菜让人欢喜，换一碗素白的米饭也有喜气，儿童的喜气。查慎行有诗说得好："半月前期传父老，一家喜气到儿童。"儿童的喜气混沌又浑然。有老先生回忆小时候做客，饭碗被鱼虾鸡鸭堆满了之后，突然把筷子一放，宣布吃饱了。直到主人劝了又劝，才说："那么请你们给我换一碗白饭来。"

　　老家岳西有吃新习俗，劳作半年，稻谷收仓，第一顿秋天新米烹饭，仪式庄严。一口大铁锅，两升白花花的大米煮成颗粒晶莹的米饭，有沁入脾胃的糯软新香。一家人围桌而坐，吃出风生水起的欢喜来。

　　饮食里总有欢喜，香甜的欢喜，暖意的欢喜。张爱玲爱吃糖炒栗子，每次回寓所途经栗子铺，总会放慢脚步，细细听师傅操着长柄铁铲炒栗子的"嚓嚓"声，深深嗅那桂花糖和砂子混合散发的香气。假日与姑姑上街，总会买上一些，用牛皮纸裹了边走边吃。

有一年，在秋浦河边遇见几个乡农，他们提着半旧竹篮箩筐，在石阶上卖栗子。彤红的栗子，饱满喜人，剥开栗子外壳，色泽如玉，滋味鲜活，吃得出清脆，吃得出欢喜。山边野果如豆，江南的水墨山峦中，它们饮风吸露，恣肆而长。河边几个妇人掬水浣衣，棒槌一声一下捶打着衣物。河底水草袅袅婷婷，随波逐动。记得小时候最喜欢看晾衣服，湿漉漉的衣裳，晾在绳子上，残留的水不紧不慢地滴下来。阳光升过屋顶，穿衣而过，水滴声音渐渐停息，衣裳慢慢干了。傍晚收衣回家，忍不住埋头嗅衣物的阳光味道，觉得真好闻。

《枕草子》录有快心的事，献卯杖时的祝词，神乐的舞人长，池里的荷叶遇着骤雨，御灵会里的马长，奠礼里拿着旗帜的人。卯杖是官员献给朝廷的木杖，以桃、梅、柳、松之类的木材制成，用五色丝线包裹，有驱除邪气的功效。献卯杖时的祝词我没见过，庙里跪在蒲团上的妇人，喃喃自语，让人觉得欢喜。

《枕草子》还有使人惊喜的事，小雀儿从小的时候养熟了的。婴儿在玩耍的时候走过那前面去。烧了好的气味的熏香，一个人独自睡着。在中国来的铜镜上边，看见有些阴暗了。身份很是上等的男子，在门前停住了车子，叫人前来问讯。洗了头发妆束起来，穿了熏香的衣服的时候。等着人来的晚上。听见雨脚以及风声。惊喜与快心是大欢喜。

让人欢喜的还有，雨天穿过小巷，行人寂寂，处处市井。青菜挂满雨滴，青翠剔透。守菜摊的妇人一脸宛然。老人路边卖挂面，竹篮里白生生的挂面用红纸缚就，齐齐躺着，人弯腰问价。

欢喜事在野外，山重水复，看见自己喜欢的绿与红，还有橙黄青蓝紫。

欢喜事是小时候撕扯布料的声音，犹如弦乐，哧一声入得耳里，绕心三日。

欢喜事是众人饮酒喝茶作乐。

欢喜事是一个人看书，习字，睡觉，做梦。

微雨薄寒天气，烟柳袅娜，花事繁盛，坐船游湖。这是欢喜的。大热酷暑天气，正走得热了，见一大树，径自荫下坐着，解衣敞怀，有风吹来。这是欢喜的。夏日雨后的空山，一树林木香气，有松脂与树叶混合的幽香，人迎面走过去，肉身都消弭无影了。秋日，天渐渐变冷，去别人家做客，在阳台上喝茶。忽然看到屋子正对着的一个个连着的小山。那些低矮的山，黛青色的山，有错落的乐趣。晴朗的夜晚，黑压压的山影上映着明晃晃的月。月明星稀，月晦星亮，都让人欢喜。冬天里，在家烧饭，牛肉萝卜汤在锅里翻滚。抬头，窗外下了很大的雪，屋子里都是牛肉与萝卜的气味。春节将至，一屋子吉祥，一屋子喜气。一个人剥食坚果，果壳成堆。烟火的日子，让人舒心让人欢喜。

欢喜有四境，人生四境：

儿童放学归来早，忙趁东风放纸鸢。

隔帘花影动，疑是玉人来。

老夫聊发少年狂。烈士暮年，壮心不已。

不以物喜，不以己悲。

（《作家文摘》2020年总第2318期，摘自《美文》2020年第3期）

辑三
过去的生活

那时候，生活其实是相当细致的，什么都是从长计议。

这种生活养育着人生的希望，今年过了有明年，明年过了还有后年，

一点不是得过且过。

过去的年是怎么过的？

莫　言

退回去几十年，在我们乡下，是不把阳历年当年的。那时，在我们的心目中，只有春节才是年。这与物质生活的贫困有关——多一个节日就多一次奢侈的机会，当然更重要的还是观念问题。

春节是一个与农业生产关系密切的节日，春节一过，意味着严冬即将结束，春天即将来临。而春天的来临，也就是新的一轮农业生产的开始。农业生产基本上是大人的事，对小孩子来说，春节就是一个可以吃好饭、穿新衣、痛痛快快玩几天的节日，当然还有许多的热闹和神秘。

我小的时候特别盼望过年，往往是一过了腊月涯，就开始掰着指头数日子，好像春节是一个遥远的、很难到达的目的地。对于我们这种焦急的心态，大人们总是发出深沉的感叹，好像他们不但不喜欢过年，而且还惧怕过年。他们的态度令当时的我感到失望和困惑，现在我完全能够理解了。我想我的长辈们之所以对过年感慨良多，一是因为过年意味着一笔开支，而拮据的生活预算里往往没有这笔开支，二是飞速流逝的时间对他们构成的巨大压力。小孩子可以兴奋地说"过了年，我又长大了一岁"，而老人们则叹息"嗨，又老了一岁"。过年意味着小孩子正在向自己生命过程中的辉煌时期进步，而对于大人，则意味着正向衰朽的残年滑落。

熬到腊月初八，是盼年的第一站。这天的早晨要熬一锅粥，粥里要有八样粮食——其实只需七样，不可或缺的大枣算一样。据说在解放前的腊月初八凌晨，庙里或是慈善的大户都会在街上支起大锅施粥，叫花子和穷人们都可以免费喝。我曾经十分地向往着这种施粥的盛典，想想那些巨大无比的锅，支设在露天里，成麻袋的米豆倒进去，黏稠的粥在锅里翻滚着，鼓起无数的气泡，浓浓的香气弥漫在凌晨清冷的空气里。一群手捧着大碗的孩子们排着队焦急地等待着，他们的脸冻得通红，鼻尖上挂着清鼻涕。为了抵抗寒冷，他们不停地蹦跳着，喊叫着。我经常幻想着我就在等待着领粥的队伍里，虽然饥饿，虽然寒冷，但心中充满了欢乐。后来我在作品中，数次描写了我想象中的施粥场面，但写出来的远不如想象中的辉煌。

过了腊八再熬半月，就到了辞灶日。我们那里也把辞灶日叫作小年，过得比较认真。早饭和午饭还是平日里的糙食，晚饭就是一顿饺子。为了等待这顿饺子，我早饭和午饭吃得很少。那时候我的饭量大得实在是惊人，能吃多少个饺子就不说出来吓人了。辞灶是有仪式的，那就是在饺子出锅时，先盛出两碗供在灶台上，然后烧半刀黄表纸，把那张灶马也一起焚烧。焚烧完毕，将饺子汤淋一点在纸灰上，然后磕一个头，就算祭灶完毕。这是最简单的。比较富庶的人家，则要买来些关东糖供在灶前，其意大概是让即将上天汇报工作的灶王爷尝点甜头，在玉帝面前多说好话。也有人说是用关东糖粘住灶王爷的嘴。这种说法不近情理，你粘住了他的嘴，坏话固然是不能说了，但好话不也说不了了嘛！

祭完了灶，就把那张从灶马上裁下来的灶马头儿贴到炕头上，所谓灶马头儿，其实就是一张农历的年历表，一般都是拙劣的木版印刷，印在最廉价的白纸上。最上边印着一个小方脸、生着三绺胡须的人，他的两边是两个圆脸的女人，一猜就知道是他的两个太太。当年我就感到灶王爷这个神祇的很多矛盾之处，其一就是他成年累月地趴在锅灶里受着烟熏火燎，肯定是个黑脸的汉子——乡下人说某人脸黑：看你像个灶王爷似的——但灶马头儿上的灶王爷脸很白。灶马头儿上都印着来年几龙治水的字样。一龙治水的年头主涝，多龙治水的年头主旱，"人多乱，龙多旱"这句俗语就是从这里来的，其原因与"三个和尚没水吃"是一样的。

过了辞灶日，春节就近在眼前了。但在孩子的感觉里，这段时间还是很漫长。终于熬到了除夕，这天下午，女人们带着女孩子在家包饺子，男人们带着男孩子去给祖先上坟。而这上坟，其实就是去邀请祖先回家过年。上坟回来，家里的堂屋墙上，已经挂起了家堂轴子，轴子上画着一些冠冕堂皇的古人，还有几个像我们在忆苦戏里见到过的那些财主家的戴着瓜皮小帽的小崽子模样的孩子，正在那里放鞭炮。轴子上还用墨线起好了许多的格子，里边填写着祖宗的名讳。轴子前摆着香炉和蜡烛，还有几样供品。无非是几颗糖果，几页饼干。讲究的人家还做几个碗，碗底是白菜，白菜上面摆着几片油炸的焦黄的豆腐之类。不可或缺的是要供上一把斧头，取其谐音"福"字。这时候如果有人来借斧头，那是要遭极大的反感的。院子里已经撒满了干草，大门口放一根棍子，据说是拦门棍，拦住祖宗的骡马不要跑出去。

那时候不但没有电视，连电都没有，吃过晚饭后还是先睡觉。睡到三星正晌时，被母亲悄悄地叫起来。起来穿上新衣，感觉特别神秘，特别寒冷，牙齿嘚嘚地打着战。家堂轴子前的蜡烛已经点燃，火苗颤抖不止，照耀得轴子上的古人面孔闪闪发光，好像活了一样。院子里黑得伸手不见五指，仿佛有许多的高头大马在黑暗中咀嚼谷草——如此黑暗的夜再也见不到了，现在的夜不如过去黑了。这是真正的开始过年了。这时候绝对不许高声说话，即便是平日里脾气不好的家长，此时也是柔声细语。至于孩子，头天晚上母亲已经叮嘱过了，过年时最好不说话，非得说时，也得斟酌词语，千万不能说出不吉利的话，因为过年的这一刻，关系到一家人来年的运道。做年夜饭不能拉风箱——呱嗒呱嗒的风箱声会破坏神秘感——因此要烧最好的草，棉花柴或者豆秸。我母亲说，年夜里烧花柴，出刀才，烧豆秸，出秀才。秀才嘛，是知识分子，有学问的人，但刀才是什么，母亲也解说不清。大概也是个很好的职业，譬如武将什么的，反正不会是屠户或者是刽子手。因为草好，灶膛里火光熊熊，把半个院子都照亮了。锅里的蒸汽从门里汹涌地扑出来。饺子下到锅里去了。白白胖胖的饺子下到锅里去了。每逢此时，我就油然地想起那个并不贴切的谜语：从南来了一群鹅，扑棱扑棱下了河。饺子熟了，父亲端起盘子，盘子上盛了两碗饺子，往大门外走去。男孩子举着早就绑好了鞭炮的竿子紧紧地跟随着。父亲在大门外的空地上放下盘子，点燃了烧纸后，就跪下向四面八方磕头。男孩子把鞭炮点燃，高高地举起来。在震耳欲聋的鞭炮声中，父亲完成了他的祭祀天地神灵的工作。回到屋子里，母亲、祖母已经欢声笑语了。神秘的仪式已经结束，接下来就是活人们的庆典了。在吃饺子之前，晚辈们要给长辈磕头，而长辈们早已坐在炕上等待着了。我们在家堂轴子前一边磕头一边大声地报告给被磕者："给爷爷磕头，给奶奶磕头，给爹磕头，给娘磕头……"长辈们在炕上响亮地说着："不用磕了，上炕吃饺子吧！"晚辈们磕了头，长辈们照例要给一点磕头钱，一毛或是两毛，这已经让我们兴奋得想雀跃了。年夜里的饺子是包进了钱的，我家原来一直包清朝时的铜钱，但包了铜钱的饺子有一股浓烈的铜锈气，无法下咽，等于浪费了一个珍贵的饺子，后来就改用硬币了。现在想起来，那硬币也脏得厉害，但当时我们根本想不到这样奢侈的问题。我们盼望着能从饺子里吃出一个硬币，这是归自己所有的财产啊，至于吃到带钱饺子的吉利，孩子们并不在意。有一些孝顺儿媳白天包饺子时就在饺子皮上做了记号，夜里盛饺子时，就给公公婆婆的碗里盛上了带钱的，借以博得老人的欢喜。有一年我为了吃到带钱的饺子，一口气吃了三碗，钱没吃到，结果把胃撑坏了，差点要了小命。

过年时还有一件趣事不能不提，那就是装财神和接财神。往往是你一家人刚刚围桌吃饺子时，大门外就起了响亮的歌唱声：财神到，财神到，过新年，放鞭炮。快答复，快答复，你家年年盖瓦屋。快点拿，快点拿，金子银子往家爬……听到门外财神的歌唱声，母亲就盛上半碗饺子，让男孩送出去。扮财神的，都是叫花子。他们提着瓦罐，有的提着竹篮，站在寒风里，等待着人们的施舍。这是叫花子们的黄金时刻，无论多么吝啬的人家，这时候也不会舍不出那半碗饺子。那时候，我很想扮一次财神，但家长不同意。我母亲说过一个叫花子扮财神的故事，说一个叫花子，大年夜里提着一个瓦罐去挨家讨要，讨了饺子就往瓦罐里放，感觉已经要了很多，想回家将百家饺子热热自己也过个好年，待到回家一看，小瓦罐的底儿不知何时冻掉了，只有一个饺子冻在了瓦罐的边缘上。叫花子不由得长叹一声，感叹自己多舛命运实在是糟糕，连一瓦罐饺子都担不上。

现在，如果愿意，饺子可以天天吃，没有了吃的吸引，过年的兴趣就去了大半，人到中年，更感到时光的难留，每过一次年，就好像敲响了一次警钟。没有美食的诱惑、没有神秘的气氛、没有纯洁的童心，就没有过年的乐趣，但这年还是得过下去，为了孩子。我们所怀念的那种过年，现在的孩子不感兴趣，他们自有他们的欢乐的年。

时光实在是令人感到恐慌，日子像流水一样一天天滑了过去。

（《作家文摘》微信公众号 2019 年 2 月 5 日，摘自 2018 年 2 月 15 日微信公众号"楚尘文化"）

怀旧的成本

韩少功

　　房子已建好了，有两层楼，七八间房，一个大阳台，地处一个三面环水的半岛上。由于我鞭长莫及，无法经常到场监工，断断续续的施工便耗了一年多时间。房子盖成了红砖房，也成了我莫大的遗憾。

　　在我的记忆中，以前这里的民宅大都是吊脚楼，依山势半坐半悬，有节地、省工、避潮等诸多好处。墙体多是由石块或青砖砌成，十分清润和幽凉。青砖在这里又名"烟砖"，是在柴窑里用烟"呛"出来的，永远保留青烟的颜色。可以推想，中国古代以木柴为烧砖的主要燃料，青砖便成了秦代的颜色、汉代的颜色、唐宋的颜色、明清的颜色。这种颜色甚至锁定了后人的意趣，预制了我们对中国文化的理解：似乎只有在青砖的背景之下，竹桌竹椅才是协调的，瓷壶瓷盅才是合适的，一册诗词或一部经传才有着有落、有根有底，与墙体神投气合。

　　青砖是一种建筑的象形文字，是一张张古代的水墨邮票，能把七零八落的记忆不断送达今天。

两年多以前，老李在长途电话里告知我："青砖已经烧好了，买来了，你要不要来看看？"这位老李是我插队时的一个农友，受我之托操办我的建房事宜。我接到电话以后利用一个春节假期，兴冲冲地飞驰湖南，前往工地看货，一看却大失所望。他说的青砖倒是青色的砖，但没有几块算得上方正，经历了运输途中的碰撞，不是缺边，就是损角，成了圆乎乎的渣团。看来窑温也不到位，很多砖一捏就出粉，就算是拿来盖猪圈恐怕也不牢靠。

老李看出了我的失望，惭愧地说，烧制青砖的老窑都废了，熟悉老一套工艺的窑匠死的死、老的老，工艺已经失传。

老工艺就无人传承了吗？

他说，现在盖房子都用机制红砖，图的是价格便宜、质量稳定、生产速度快，凭老工艺自然赚不到饭钱。

建房一开局就这样砸了锅，几万块砖钱在冒牌窑匠那里打了水漂。我记得城里有些人盖房倒是采用青砖，打电话去问，才知道那已经不是什么建筑用料，而是装饰用料，撇下运输费用不说，光是砖价本身就已让人倒吸一口冷气。我这才知道，怀旧是需要成本的，一旦成本高涨，传统就成了富人的专利。

我曾说过，所谓人性，既包含情感，也包含欲望。情感多与过去的事物相连，欲望多与未来的事物相连，因此情感大多是守旧，欲望大多是求新。比如一个人好色贪欢，很可能在无限春色里见异思迁——这就是欲望。但一个人思念母亲，绝不会希望母亲频繁整容，千变万化。就算母亲在手术台上变成个大美人，可那还是母亲吗？还能唤起我们心中的记忆和心疼吗？这就是情感，或者说，是人们对情感符号的恒定要求。

　　这个时代变化太快，无法减速和刹车的经济狂潮正快速铲除一切旧物，包括旧的礼仪、旧的风气、旧的衣着、旧的饮食以及旧的表情。从某种意义上来说，这使我们欲望太多而情感太少，向往太多而记忆太少，一个个都成了失去母亲的文化孤儿。然而，人终究是人。人的情感总是会顽强复活，不知什么时候就会有冬眠的情感种子破土生长。也许，眼下都市人的某种文化怀旧之风，不过是商家敏感地察觉到了情感的商业价值，迅速接管了情感，迅速开发着情感，推动了情感的欲望化、商品化、消费化。他们不光是制造出了昂贵的青砖，而且正在推销昂贵的字画、牌匾、古玩、茶楼、四合院、明式家具等，把文化母亲变成高价码下的古装贵妇或皇后，逼迫有心归家的浪子们一一埋单。对于市场中的失败者来说，这当然是双重打击：他们不但没有实现欲望的权利，而且失去了情感记忆的权利，只能站在价格的隔离线之外，无法靠近昂贵的"母亲"。

　　(《作家文摘》2017年总第2016期，摘自《山南水北》，韩少功著，作家出版社2008年1月出版)

旧衣服

李汉荣

新衣服，也许好看，也许不好看，但都不耐看；而旧衣服是耐看的，因为那后面藏着时光和故事。

中国古典诗学把物我无隔、天人相融视作诗意的最高境界。而人与衣，在相逢、相依、相知和相融中，也能达到某种诗意的境界。一件好的衣服，不仅是合身的，而且是合意的，而最高境界是合神，即衣服与穿衣服的人完全神貌相合，形魂交融。

这需要时间的磨合。

一件再合身的新衣服，刚刚穿到身上，总有些貌合神离的"隔"的感觉。衣是衣，你是你，衣服还只记着自己被染色裁剪、被加工制作、被讨价还价、被买卖的商品身世，它还没有从加工车间和长途贩运的复杂惊险的经历里回过神来。它无视你，不理你，它与你没感情。在衣服的眼里，你只是一个精明的买主，你不是它的朋友和知己。刚上身的衣服保持着它物质的固执、冷漠和生硬，它徒有款式而没有内涵，徒有品牌而没有品位，徒有花色而没有神韵。它还没有从与你的朝夕相处中获得情思、经历、气质和风韵。

一件衣服只有穿到一定时间，人与衣服完全相合相融，彼此知根知底，有情有义，这件衣服才真正属于你。你在穿这件衣服，这件衣服也在通过你体现和完成着自己；你在呵护这件衣服，这件衣服也在体贴着你，感念着你。一件衣服穿久了，穿旧了，它就有了你的味道，你的神貌，你的喜怒哀乐的表情和样子。

我隐约还记得父亲生前穿的那些衣服。父亲多半生务农，他的衣服不多，几件衣服一穿就是好几年。在我的记忆里，父亲的衣服总是旧的，父亲也是旧的。

那时，父亲在田里干活，常常把衣服放在田埂上，我走在放学的路上，远远地，就看见田埂上父亲的旧衣服，旧衣服像蹲在田埂上的父亲，在看着田里的父亲。这时候，我感到田里的父亲和田埂上带着他气息的衣服都在看着我，我隐约体会到"旧"之深沉，我感受到双倍的凝重和温暖。

而抬眼望去，旧的土地之上，旧的父亲之上，那旧的太阳，旧的远山，旧的河流，旧的石桥，旧的寺庙，旧的老树，旧的老屋，旧的农具，旧的水磨房，旧的耕牛，旧的炊烟，旧的乡间小路……那是千百万年的久和旧，是常看常新的久和旧，此时顺着父亲的背影望过去，这一切都是那样值得怜惜、感激和尊敬……

我想，老子该是穿着一身素白旧衣，于水边冥想，骑青牛徐行，他那落满时光尘埃的宽广衣袖，飘曳了数千年，直到此时，依然卷舒着我的思绪；庄子肯定不轻易扔掉他那身旧年青衫，与我们一样，他的身体也不得不包裹在有限的款式里，而他的心灵和思想，则超越有限的尺寸，抵达宇宙的无限；屈原该是穿着那身缀满芝兰香草的缟衣长衫，独立荒原，吐纳天河，向上苍发出一连串凝重的天问；

田园的清风轻拂着陶渊明的布衣素襟，种豆溪畔，溪韵翻作诗韵，采菊东篱，菊香化作魂香——那只能是他，在朴素的劳作里领悟生命的深意，俯仰之间，悠然看见永恒的南山；杜甫、苏东坡、辛弃疾、陆游、李清照、马致远、曹雪芹、达摩、慧能、皎然、弘一……在我的想象里，他们都是旧衣飘飘，银发苍然，缓缓走过苍烟落照，走过小桥流水，胸臆间生发出辽阔深厚的智慧和诗情，和岁月一起化作青山，成为永恒的经典。

如今，我们越来越见不到旧衣服，越来越见不到穿旧衣服的人。

用过即扔，不停地、快速地弃旧换新，成为一种生活态度和方式。求新，唯新，追新，拜新。在永远崭新的新新世界里，想看一座旧桥，想走一段旧路，想住一间旧屋，想读一本旧书，想找一块旧瓦，都成了收藏家的奢侈愿望。你想到旧城墙走走看看，也得坐车到千里之外买门票上去，多半还是仿古的，是假的。

在城市的人群里，你想看见一个穿旧衣服的质朴的人，很难。

衣服穿不了多久，洗不了几次，就被扔了。衣服刚刚熟悉你，刚刚和你有了感情，就被遗弃了。如今的衣服，多数都是盛年早逝的，只有自己的懵懂少年和绚烂青年，没有或很少有自己的淡定中年、沧桑壮年和深沉晚年，衣服们都没有来得及完成和表达自己，就无疾而终。

曾经，衣服对人，是有着郑重的托付和信赖的，它把自己的一生都交托给这个人了。衣者，依也，依依也，不舍也。即使这个人睡着了，衣服却醒着，衣服在一旁为他守夜。即使把衣服挂起来晾晒，衣服也固执地保持着穿衣人的身形，衣服不会随波逐流趋炎附势轻易改变对一个人的依恋。即使有人偷走了你的衣服，衣服也拒绝乔装那个可疑的身体，衣服思念着它熟悉的那个身体，它坚贞地保持着本来的款式，等待着熟悉的身影来认领；即使把衣服折叠了放在柜子里，年深月久起了皱褶，你一旦抖开它，它立即记起你，也记起它本来的样式，你穿在身上还是那么贴身，像老朋友贴着身子轻声叙旧相互取暖。

如今，每个人的穿着都与服装产业捆绑在一起了，穿衣成为拉动产业的商务行为，人们必须不停地消费，不停地弃旧换新，才能有效刺激该产业的花样翻新、市场竞争和利润升级。衣服，很快脱尽了数千年来深藏在皱褶经纬里的母性的手温和柔情，脱尽了蕴含在襟裾领袖里的幽思和寄托，成为没有情感没有经历没有意味的物质。

衣服的情思，衣服的纯粹，衣服的等待，衣服的托付，就这样被人冷落了，被人辜负了，被人遗忘了。

我常常看见许多被抛弃的衣服，它们并不算破旧，质地也不错，就被随手扔了。衣服们还带着穿衣人的体味和身形，还带着他的气息。穿衣人连自己的体味、身形和气息都毫不留恋地扔了，连与自己肌肤相亲的一段经历都无情地扔了，而且与垃圾、污水归于一类，那么，他还有什么不能扔、不敢扔呢？

我曾看见，一阵大风将随意抛弃在地上的半新不旧的衣服卷起来，挂在一根根电线杆上，衣服以人体的形象在风里左摇右晃，前拉后扯，渐被撕碎。我忽然一阵心惊，这些被抛弃的衣服，何尝不是物质主义时代里人的处境的写照：在命运鼓荡的狂风里，没有灵魂和常性，没有可托付的价值归宿和精神彼岸，于是左摇右晃，前拉后扯，最终被无情撕碎？！

而时时求新追新拜新的人们，还有念旧怀旧的情思吗？还有对人世和山川的不舍之情，不忍之心吗？还有那种"万人丛中一握手，使我衣袖三年香"的古道热肠深情厚谊吗？

我常常想，在荒凉的宇宙里，在狭小的地球上，在不断遭受疯狂耗损和透支而变得贫瘠匮乏的自然里，人，不应该是华丽、簇新、奢侈、浪费、铺张、贪得无厌、张牙舞爪的样子，越来越贫瘠的自然根本无法养活过度奢侈的人群和日益膨胀的物质贪欲。人，应该保持节制、安静、谦卑和俭约，保持一种本色的朴素和适度的清贫。这样的人，无疑显得有些旧，却是从根性上保持着自然品格和朴素美德的人，才是与同样清贫和朴素的大自然般配的人，才是愿意与艰辛的大自然荣辱与共的人。

许多年来，我一直渴望，在喧嚣的市声里，在汹涌的人潮里，缓缓走来一位素衣旧衫、面相高古、神情安详的智者，我会走过去向他鞠躬，拜他为师，与他结忘年交，听他说些旧年旧事，聊些旧书旧人，叙些旧情旧梦，让时光慢下来，让心境定下来，静静地，缓缓地，我们把日子拉长，让生命变宽，让夜色加深，让自然和万物衰退的速度变慢，也让自己的心境变得幽旷如太古。

抬起头，凝眸，这素衣旧衫的智者，坐在我的面前，他就是时光派来的长老。他不是来自我们当下这个魂不守舍的浅薄世界，他来自更远的生命源头，来自苍茫的时间上游，他一路走过古道斜阳，走过小桥流水，走过老街深巷，他为我带来古老的真理和生命的幽思。一千年风痕月迹织满他素衣的经纬，八万里水光山色浸染他旧衫的皱褶。他的素衣旧衫里，每一个衣兜都揣着传说，每一个纽扣都缀着情思，每一个补丁都藏着故事。他使此刻的宇宙，此刻的生活，不再喧嚣而慌张，不再混乱而迷茫，不再浮华而空洞；因为他的到来，山水重归幽深，天地重归苍茫，人世重归质朴。此时，山水间氤氲着意境，天地间充满了悬念，人世间缭绕着远情。青鸟飞过的影子投射在我们之间，哦，天意与人世，在默默地互相映照。这一刻，我感到人活着，竟是如此天高地阔，意味深长。

一个人活在世上，应该有几个老朋友，也应该有几件旧衣服。

（《作家文摘》2020 年总第 2323 期，摘自《散文百家》2020 年第 2 期）

洗　手

朱以撒

　　每一次要摊开这些汉画像拓片阅读时，我都要认真地洗洗手，擦拭干净。其实指掌间已经很干净了，也还是要自觉地进入这么一个程序，算是从内心对前人的作品表示敬畏，还有崇仰。如果一天里要分几次阅读，那就要洗上几次手，使手在触及拓片时更有感觉。这些拓片有的很大，摊开时可以充满整个大厅，卷起来又如一大捆被子，一开一合，要费不少工夫。宣纸是最为脆弱的，总是要小心翼翼，"侍儿扶起娇无力"啊。再小心也会有磨损，有一些纸屑落下，有一些丝缕脱离。尽管手的动作已经轻柔至极，心里还是不敢松懈。那种隔着手套工作的做法，我一直不能适应，我执着以裸露的手对待这些旧时代的宝贝，生怕弄疼了它们。

　　这种习惯逐渐形成，对待古旧之物，大都如此。这些旧物是不可复制的。如果有人来，手上都是汗，或者手不安分，我就没有兴致拿出来分享。每一件古旧之物都是有自己的气息的，冷清的、平和的、朴拙的，却不会有时下的这么些气味。充满欲望的手一天到晚都在触摸着种种物质的皮表，要静下来阅读古帖古碑，慢慢地把玩一遍，还是需要洗一洗手，让手的温度冷却一些，这很像一个长长的过门，很郑重，很有必要。一个人在心理上做好了准备，接下来的由手展开的动作就会把分寸掌握得很好，至少不会失手。

精神洁癖——以澄澈的水来过手，通常以此开始。生活习惯中对于洗手的要求，是在进食之前。要吃饭了，把手洗净，以免不洁的细菌随着指尖进入腹中。再草率的洗也比不洗要清洁，一个人的心理往往如此。这使得饭前洗手成为一种惯常，很自然地延续下来。一位农妇在不缺水的条件下让孩子们洗手，可能没有想到这是对自己劳动成果的一种尊重。

有的时候，我在淘洗时，会有几粒金黄的小米跳到地上，我一定会俯下身来捡拾。很奇怪的是，如果是白花花的大米掉落几粒，我还不会这么的迫切。我被小米的颜色所吸引，它们让我看了心动，那么微小，又那么灿烂，上苍给了它们这样的容颜，让人无法忽略它们的存在。它们在等待收割的时候，一阵风来，随时会落入泥土的缝隙中，再也回不到谷仓里——还好，农夫手脚麻利，把它们从田野带了回来，无数的金黄颗粒，让人感到眩晕，把它们堆成金黄色的塔，高处的小米流动起来，像一道金黄色的河流。现在，它们从千里之外来到我的面前，每一粒都可以见出远大，岂能轻慢它们？一个人把手洗净了，坐在餐桌前，显然是沉稳的、端庄的。对劳动的果实抱有认真的情绪，缓慢地品咂，神色中越发爽朗。狼吞虎咽、风卷残云也是一种态度，只是劳动果实的滋味未能被细致地感受，不免有些粗率。大凡有洗手这个程序，整个行为都会克制一些、徐缓一些，以至于进程更为细腻、雅致。所谓斯文，洗手的动作也算一个吧。

　　回老家时，面对处于晚年的母亲，我会给她剪剪指甲，手指的，脚趾的。人老了，指甲也变了形态，如乱石铺街，凹凸不平，连坚硬的指甲剪都有些吃不消了。剪完后母亲总会催促我去洗手，顺便把指甲剪也给洗了。在母亲看来，一件事和一件事之间的过渡，应该用洗手来区别，以示结束和即将开始。这样会使人在做一件事之前，有一些心理的、生理的准备。一个长辈注意了洗手这个细节，会潜移默化地影响到他的下一代、再下一代。

　　水依然这么清澈，喜欢洗手的母亲后来洗不动了，只能由别人用湿毛巾给她擦拭，由掌及指，再也不能体验亲自洗手的快感了。

　　在我举办书法作品展览期间，有不少人伸出手来，或轻或重地抚摸那些汉画像拓片，他们的双眼茫然，只好用手来感受。这使我生出许多不安，他们不想通过学习来提高自己的识见，而是直接动手，似乎手能解决所有的疑惑。手的热爱抚摸，加上洗涤，渐渐粗糙起来，每个人都会察觉夏日与冬日皮肤层面上的细微之变。手套应时而出，像极了人的手形，或大或小，适宜人类所有的手。上课的时候，我见到几位女生戴着手套，执笔书写。我让她们都扯下来，让赤裸的手直接和一支笔产生联系，让那些隐藏在指掌间的敏感，重新回来。

　　我不知道一个人戴着手套，怎么可能感受毫端在宣纸上提按、快慢的回馈，一切行为还是略去一些装饰才能存储优雅。一个想亲近古贤人的少年，吝惜自己的手，担心墨汁弄黑了手，担心冬日里的水过于寒冷，以为隔着薄薄的手套追寻古人并无不妥，实在是太自以为是了。一群人在看旧日字画，一律戴上了手套。目光尽可以随意，对一双手却提出了要求，必须隐藏在手套内部，以保证抚摸时的安全。这些手套百人戴千人戴，内部外部早已不洁，可是没有办法，规定如此死板。如果一个人洗净了手，开合卷轴时，会对纸本的轻重、顺逆分寸把握得默契一些、周全一些。净手的低调而柔和的抚摸，被旧日的纸上纹路牵引着，进入内心最隐秘的深处。手套对于手来说，就是一层蒙翳，捂在里边久了，蔫了，不活络了，把它抽出来，洗洗，就生动起来。

又一个夜晚到来。我先是洗了一次手，坐下来整理一篇文稿。然后又洗了一次手，站着临写《杨淮表记》里的几个字。洁净的手指灵动地引导着柔韧的羊毫，点线简劲而出。我一直以为学书者不可不知汉隶，它是一个人笔下的筋骨，让一个人行笔时有了底气。接着，我又洗了一次手，意味着今夜的临写结束。

每一次洗手都是很有意义的，一个片段的开始，或者一个片段的结束，可能有递进的关系，也可能毫不相干，却都由于洗手的进行变得郑重起来。

（《作家文摘》2016 年总第 1923 期，摘自《红豆》2015 年第 4 期）

撕日历的日子

迟子建

又是年终的时候了，我写字台上的台历一侧高高隆起，而另一侧却薄如蝉翼，再轻轻翻几下，三百六十五天就在生活中沉沉谢幕了。

厚厚的那一侧是已逝的时光，由于有些日子上记着一些人的地址和电话，以及偶来的一些所思所感，所以它比原来的厚度还厚，仿佛说明着已去岁月的沉重。它犹如一块沉甸甸的砖头，压在青春的心头，使青春慌张而疼痛。

发明台历的人大约是个年轻人，岁月于他来讲是漫长的，所以他让日子在长方形的铁托架上左右翻动，不吝惜时光的消逝，也不怕面对时光。当一年万事大吉时，他会轻轻松松地把那一摞用过的台历捆起，随便扔到什么地方让它蒙尘，因为日子还多的是呢。而对于中老年人来说，看着那一摞摞用过的台历，也许会有一种人生如梦的沧桑感。

于是想到了撕日历。

小的时候，我家总是挂着一个日历牌，我妈妈叫它"阳历牌"，我们称它"月份牌"。那是个硬纸板裁成的长方形的彩牌，上面是嫦娥奔月的图画：深蓝的天空，一轮无与伦比的圆月，一些隐约的白云以及袅娜奔月的嫦娥飘飞的裙裾。下面是挂日历的地方，纸牌留着一双细眯的眼睛等着日历背后尖尖的铁片插进去，与它亲密地吻合。那时候，我每天最喜欢做的事情就是撕日历。早晨一睁开眼，便听见灶房的柴火噼啪作响，有煮粥或贴玉米饼子的香味飘来。这基本上是善于早起的父亲弄好了一家人的早饭。我爬出被窝的第一件事不是穿衣服，而是赤脚踩着枕头去撕钉在炕头被架子一侧的月份牌，凡是黑体字的日子就随手丢在地上，因为这样的日子要去上学，而到了红色字体的日子基本上都是星期天，我便捏着它回到被窝，亲切地看着它，觉得上面的每一个字都漂亮可爱，甚至觉得纸页泛出一股不同寻常的香气。于是就可以赖着被窝不起来，反正上课的钟在这一天成了哑巴，可以无所顾忌地放纵自己。有时候，父亲就进来对炕上的人喊："凉了凉了，起来了！"

"凉了"是指他做的饭。反正灶坑里有火，凉了再热，于是仍然将头缩进被窝，那张星期日的日历也跟了进来。父亲是狡猾的，他这时会恶作剧般地把院子中的狗放进睡房，狗冲着我的被窝就摇头摆尾地扑来，两只前爪搭着炕沿，温情十足地呜呜叫着，我只好起来了。

有时候，我起来后去撕日历，发现它已经被人先撕过了，于是就很生气，觉得这一天的日子都会没滋味，仿佛我不撕它就不能拥有它似的。

撕去的日子有风雨雷电，也有阳光雨露和频降的白雪。撕去的日子有欢欣愉悦，也有争吵和悲伤。虽然那是清贫的时光，但因为有一个团圆的家，它无时不散发出温馨气息。被我撕掉的日子有时飘到窗外，随风飞舞，落到鸡舍的就被鸡一轰而啄破，落到猪圈的就被猪给拱到粪里也成为粪。命运好的落在菜园里，被清新的空气滋润着，而最后也免不了被雨打湿，沤烂后成为泥土。

有会过日子的人家不撕日历，用一根橡皮筋勒住月份牌，将逝去的日子一一塞进去，高高吊起来，年终时拿下来就能派上用场。有时女人们用它给小孩子擦屁股，有时老爷爷用它们来卷黄烟。可我们家因为有我那双不安分的手，日子一个也留不下来，统统飞走了。每当白雪把家院和园田装点得一派银光闪闪的时候，月份牌上的日子就薄了，一年就要过去了，心中想着明年会长高一些，辫子会更长一些，穿的鞋子的尺码又会大上一号，便有由衷的快乐。新日子被整整齐齐地装订上去后，嫦娥仍然在日复一日地奔月，那硬纸牌是轻易不舍得换的。长大以后，家里仍然使用月份牌，只是我并不那么有兴趣去撕它了，可见长大也不是什么好事情。待到上了师专，住在学生宿舍，根本没日历可看，可日子照样过得一个不错。也就是在那一时期，商店里有台历卖了，于是大多数人家就不用月份牌了。我自然而然地结束了撕日历的日子。我在哈尔滨生活的这几年才算像模像样地过起了日子，每天早晨起来的第一件事就是翻台历，让它由一侧到另一侧。当两侧厚薄几乎相等时，哈尔滨会进入最热的一段日子。年终时我将用过的台历用线绳串起，然后放到抽屉里保存起来。台历上有些字句也分外有趣，如1993年2月14日记载着"不慎打碎一只花碗"；而2月28日则写着"一夜未睡好，梦见戒指断了，起床后发现下雪了"；8月28日是"天边出现双彩虹，苦瓜汤真好喝"。到了1994年的1月19日，是腊月初八的日子，东北人喜欢这天煮"腊八粥"，我在这天的日历上记着："煮八宝粥。材料：大米、小米、绿豆、小碴子、葡萄干、核桃仁、大枣、花生”；3月3日写着“武则天墓被万人践踏，只因为她践踏了万人”；而7月11日是“德国队以1：2败给保加利亚队。保加利亚用火一样的激情焚烧了陈旧的德国战车”（好像引自一位体育评论记者之言）。

台历有意无意成了我的简易日记本，当然就更加有收藏价值了。

不管多么不愿意面对逝去的日子，不管多么不愿意让青春成为往事，可我必须坦然面对它。当我串起1995年的台历、将1996年散发着墨香气的日子摆在铁皮架上时，我仍然会在上面简要抒写一些我的所作所为、所思所感。如果能把幼时已撕去的日历一一拾回，也许已故的父亲就会复活，他又会放一条狗进我的睡房催我起床，也许我家在大固其固的那个已经荒芜了的院落又会变得绿意盈门。但日子永远都是：过去了的就成为回忆。

可它毕竟深深地留在了心底。当我年事已高，将台历的日子看花了，翻台历的手哆嗦不已时，嫦娥肯定还在奔月。

（《作家文摘》2017年总第2083期，摘自2017年10月30日微信公众号“金麻雀文选”）

桑 树

毕飞宇

人是由猴子变来的，这个说法很容易得到乡下孩子的认可，道理很简单，乡下的孩子像猴子一样喜欢树。大人们也喜欢树，但是，他们有他们的理由，都是功利性的。大的功利是这样的："植树造林，绿化祖国"；小的功利则有些笑人，他们在墙上写道："要想富，少生孩子多养猪；要想富，少生孩子多种树。"——发财是多么的简单啊，人没了，遍地的树林、满地的猪。

祖国绿不绿、家庭富不富，这些和我们没关系。我们就是喜欢爬树，爬过来爬过去，树不再是树，成了我们的玩具了。有一点我要强调一下，我说树是"我们的玩具"可不是"比喻"，是真的。我们没有变形金刚，没有悠悠球，没有四驱车，不等于我们没有玩具。我们是自然人，只要我们想玩，所有的一切都可以成为玩具，脚丫子都是。脚丫子最多只能开四个叉，可一棵树能开多少个杈？数都数不过来的。

爬树最难克服的还是树干那个部分，它们可不是脚丫，不开杈的，这一来树干就没有"把手"了。我们的办法是"蛙爬"。"蛙爬"

这个词是我发明出来的，简单地说，像"蛙泳"那样往上爬。——
先趴在树上，胳膊抱紧了，两只脚对称地踩在粗糙的树皮上，用力
夹稳，一发力，身躯就蹿上去了，同时，胳膊往上挪，再抱住。以
此类推。说到这里你就明白了，从表面上看，爬树考验的是腿部的
力道，其实不是，它考验的还是胳膊的力量。如果胳膊的气力不足，
没能死死地铆住树干，你的身躯就滑下来了。这一滑惨了，不是衣
服被扯破，就是皮肤被划破，也可能是衣服、皮肤一起破。当然了，
哑巴吃黄连的事也偶有发生，那就是"扯蛋"，男孩子都懂的。

　　村子里到处都是树，但我们也不会不讲究，逮着什么就爬什么，
不会那样的。正如商场里的玩具可以标出不同的价格一样，我们眼
里的树也是明码标价的。最好的，最贵的，只能是桑树。

　　我们是这么定价的：

　　第一，桑树不像槐树、杨树那么高，它矮小，枝杈也茂密，这
一来爬到桑树上去就相对容易、相对安全了，即使掉下来也不会怎
么样。但这一条不是最为关键的，楝树也不高大，我们几乎不爬它。
楝树的木质有一个特性，脆。脆里头有潜在的危险，在它断枝的时
候，咔嚓一声屁股就着地了，一点缓冲的机会都没有。这就有了第
二。第二，桑树的木质很特别，它柔，它韧，有充足的弹性。即使
桑树的枝丫断枝了，那也是藕断丝连的，最后能撕下好大好长的一
块树皮——我们是摔不着的。在这里我愿意普及一个小小的常识，
做扁担的木料大都是桑树，主要的原因就是桑树的弹性好。弹性可
以最大限度地减轻重力对肩膀的冲击。——弹性的美妙就在这里，
当我们爬上桑树，站在树枝上，或坐在树枝上，或躺在树枝上，只
要轻轻一个发力，我们的身体就得到了自动性，晃悠起来了，颠簸

起来了。那是美不胜收的。荡漾不只是美感，也是快感。

通常，我们三五一群，像巨大而笨拙的飞鸟栖息到桑树上来了。鸟要"择木而居"，我们也"择木而居"。我们选择了弹性、韧性和荡漾。我实在记不得我们在桑树上度过多少美妙的时光，那样的时刻大多在傍晚，也可以说，黄昏。很寂寞，很无聊，很空洞。这个空洞可能是心情，但更可能是胃。我们的食物是低蛋白的，一顿午餐绝不可能支撑到晚饭。在饥饿的时候，我非常渴望自己是一只鸟，这不是该死的"文学想象"，是切实的、普通的愿望。我希望我的腋下能长出羽毛来，以轻盈和飞翔的姿态边走边吃。当然了，饿了也没有关系，我们有桑树，桑树的树枝在晃悠。桑树的弹性给我们送来快乐，这快乐似是而非，不停地重复。

重复，我想我终于说到问题的关键了。我们的晃悠在重复，日子也在重复。重复真是寂寞，那些傍晚的寂寞，那些黄昏的寂寞。我都怕了黄昏了，它每天都有哇，一天一个，哪一个都不是省油的灯。

我儿子五六岁的时候，我已经是一个年近四十的中年人了。有一天的傍晚，我和我的儿子在小区的院子里散步，夕阳是酡红色的，极其绵软，很大，漂亮得很。骄傲地也可以说寥落地斜在楼顶上。利用这个机会，我给儿子讲到了李商隐。现成的嘛，"夕阳无限好"嘛。我万万没有想到的是，小家伙的眼里闪起了泪光，他说他"最不喜欢"这个时候，每天一到了这个时候他就"没有力气"。作为一个小说家，我是骄傲的，我的儿子拥有非凡的感受能力，也许还有非凡的审美能力。但是，作为一个父亲，我突然就想起了那些"遥远的下午"。在乡村的一棵桑树上，突然多了一个摇摇晃晃的孩子，然后，又多了一个摇摇晃晃的孩子。我没有给孩子讲述他爸爸的往事，我不希望我的孩子染上伤感的气息——那是折磨人的。从那一天开始，我每天都要在黄昏时分带着我的孩子踢足球，我得转移他的注意力，我要让他在巨大的体能消耗当中快快乐乐地赶走那些该死的忧伤。差不多是一年之后了，在同样的时刻，同样的地方，我问我的儿子："到了黄昏你还没有力气吗？"儿子满头是汗，老气横秋地说："那是小时候。"这个小东西，从小就喜欢把一年之前的时光叫作"小时候"。苏东坡说："人皆养子望聪明，我被聪明误一生，惟愿孩儿愚且鲁，无灾无难到公卿。"我不是苏东坡，我的儿子也不会去做什么"公卿"。可无论如何，做父亲的心是一样的。

我要说，乡村有乡村的政治，孩子们也是这样。我们时常要开会。所谓开会，其实就是为做坏事做组织上的、思想上的准备。到哪里偷桃，到哪里摸瓜，这些都需要我们做组织上的安排和分工。我们的会场很别致，就是一棵桑树。这就是桑树"高价"的第三个原因了——世界上还有哪一种玩具可以成为会场呢？只有桑树。一到庄严的时刻，我们就会依次爬到桑树上去，各自找到自己的枝头，一边颠，一边晃，一边说。那些胆小的家伙，那些速度缓慢的家伙，他们哪里有能力爬到桑树上来？他们当然就没有资格做会议的代表。我们在桑树上开过许许多多的会，但是，没有一次会议出现过安全问题。我们在树上的时间太长了，我们拥有了本能，树枝的弹性是怎样的，多大的弹性可以匹配我们的体重，我们有数得很，从来都不会出错。你见过摔死的猴子没有？没有。开会早已经把我们开成经验丰富的猴子了。总有那么一天，老猴子会盘坐在地上，对着它的孩子们说：孩子，记住了，猴子是由乡下的孩子们变来的。

既然说到桑树，有一件事情就不该被遗忘，那就是桑树果子。

每年到了季节，桑树总是要结果子的。开始是绿色，很硬，然后变成了红色，还是很硬。等红色变成了紫色，那些果子就可以当作高级水果来对待了，它们一下子柔软了，全是汁液。——还等什么呢？爬上去呗。一同前来的还有喜鹊和灰喜鹊，它们同样是桑树果子的发烧友。可它们也不想想，它们怎么能是我们的对手？它们怕红色，我们就用红领巾裹住我们的脑袋，坐在树枝上，慢慢地吃，一直到饱。它们只能在半空中捶胸顿足，每一脚都是踩空的。它们气急败坏了，我们就喜气洋洋了。

到了大学一年级我才知道，桑树果子是很别致的一样东西，可以"入诗"。它的学名优雅动人，叫桑葚。"于嗟鸠兮，无食桑葚。于嗟女兮，无与士耽。士之耽兮，犹可说也。女之耽兮，不可说也。"不要摇头晃脑了吧，《诗经》的意思是说：斑鸠啊，不要吃桑树果子。女孩啊，不要上男孩子的当。男孩子上当了可以解脱，女孩子一上当就完了。这是怎么说的，桑树怎么会长出迷魂药来？无论《诗经》多好，它的这个说法我都不能同意。在我看来，在桑葚面前，女孩子不仅要吃，还得多吃。

解馋是次要的，关键是能把口红的钱省下来。吃桑葚多魔幻哪，嘴唇乌紫乌紫的，像穿越而来的玄幻女妖。另类，妩媚。男孩子上她们的当才是真的。

所以啊，我要说第四了，桑树也是好吃的玩具。

（《作家文摘》2016年总第1983期，摘自《苏北少年"堂吉诃德"》，毕飞宇著，明天出版社2013年9月出版）

端午的香佩饰

孟　晖

最近两年，陆续有专心研发香品的朋友送我仿宋"软香"，天气热了，我便喜欢把这种香丸带在身上，它那沁着药味的馥息让人神爽心清。

现在说到端午节的习俗，一般只知道当天要让小孩子挂香包。其实挂香包乃属末节，传统上，节日来临时的重要任务之一，是置办好今后一年全家佩戴的各种散香饰品。这一风俗主要形成在南宋，那个时代海上贸易发达，异国香料大量进口，想必是如此民风出现的前提。

对于古人来说，在端午这一天预备各式香佩饰，首要目的在于应对马上到来的流汗季节。一个很有意思的现象是，尽管伊斯兰世界发明的玫瑰香水在宋代形成稳定的进口，香水蒸馏技术也在北宋时传入广州，但中国人始终没有接受洒香水的做法。也许原因在于中国人的体味没有那么浓重，所以不需要气味浓烈的香水来掩饰。但是，入夏以后，流汗总是难免，古人就佩戴散香饰物来驱散汗味。

南宋时代，香佩饰玲珑多样，香囊之外，香数珠、香佩带以及软香都很流行。香数珠就是各种香料制成的佛珠，香佩带则是将多种香料调和在一起，塑成小花饼，当中留有穿孔，串上丝缘，吊挂在脖子上。最有特色的当数软香，以苏合油、蜂蜡、白胶香、芝麻油等作为柔软剂，与金颜香、沉香、檀香、龙脑等的细末糅合在一起，成品接近软蜡的状态，为半固态、膏冻状的小团。制作时，还会分别添加朱砂、石绿等颜料，形成红、绿、紫、黑不同色彩。宋人将这样的小香团置于胸襟里，或者挂在身边作为一种饰品，也常用为扇坠。软香可以任人手随意捏弄出各种形状，既活动了关节，又让指掌间悄染清芬，所以深受人们喜欢。

从南宋到清代，除了软香失传，香珠、香佩带在明清时期始终是端午节时必须准备的节物。清时，十八颗一串的香珠手串尤其流行，《红楼梦》中，元妃在端午节前派宦官送来"端午的节礼儿"，其中李纨、凤姐的赏物是"两个香袋儿"，其余的人一律得到两串"红麝香珠"，正是对于时代风俗的真实反映。当时，夏季佩戴香珠是男女通行的规矩，有身份的男子均需在左腕或右胸佩戴一串香珠，倒是不佩戴者有缺乏教养之嫌。

然而很遗憾，这样一种良好的习俗竟在近代断绝。同样可惜的是，端午节作为最重要的传统节日，宝贵的内涵得不到发掘与翻新。如果我们有远见的话，就应该让这个节日的旧内容重新启动，鼓励人们养成购置各种香佩饰的习惯、夏日注意香身的习惯，让往昔来促进今日生活品质的塑造。甚至不妨赋予端午以香料节、品香节之类的新属性，加以立体打造。每当节日来临，制香业者推出各种适合度夏的精美产品，组织鉴香活动，吸引消费者以选购为乐；媒体来向社会展示中国以及其他国家的用香风俗；旅游名城举办世界香料与香品的博览会。倘如此，那么端午节是不是更富有魅力？这样也能打造富有特色的当代风俗，开创吸引世界的亮点。

《红楼梦》的年轻读者往往不知宝钗戴在雪白腕上的红麝串为何物，以为那是很虚幻的东西。然而，清代档案记载了宫廷所用"避暑香珠"的配方，其成分包括龙脑、苏合油等香料，也有香薷、黄连、连翘等中药，又有磨碎的甘菊花、玫瑰花瓣，同时添加朱砂、雄黄。红麝香珠其实正是同类制品，"麝"指其复合香气，"红"则指珠子的色泽，因为掺有朱砂，所以色呈丹霞。

如果按照古代配方，将小说中的这种"腕香珠"加以仿制，在端午节时发售，那该多么有趣。

（《作家文摘》2015年总第1844期，摘自《新民周刊》2015年第22期）

花间事

邵 丽

　　立了秋，夜间偶尔起一阵风，不知道触动了哪一根神经，等不得天亮，急煎煎地想去买一件纯色的衬衣。白色、米色、淡粉、藏蓝，纯棉或者亚麻，搭配真丝的半裙。我这怕是有点怀旧了，传统里的少女记忆。我告诉女儿，80年代，女孩子们都这样穿着打扮。女儿说："妈妈你还真够时尚的，有一个英国牌子，叫玛格丽特·霍威尔，端的就是这种味道呢。"

　　那会儿的衬衣裁剪简洁，除几粒白色的小扣子，不带任何装饰。配长裤或者长及脚踝的百褶裙，十几岁的女孩，绷着一张粉脸，雅致得一派天然大方。当然，时过经年，说是"天然大方"多具有主观渲染，也可能是野心勃勃，正如鲁迅描写上海时髦女孩那样："凡有时髦女子所表现的神气，是在招摇，也在固守，在罗致，也在抵御，像一切异性的亲人，也像一切异性的敌人，她在喜欢，也正在恼怒。"呵呵，可能就是这个意思吧，谁知道呢！

　　那年代可不是稀罕纯色，而是缺少花色。一整个布匹柜台，只有笨笨的几匹料子，色泽单一。不记得是从谁开始，在衬衣的领尖袖口处绣一朵花，也是素淡的，有梅花，也有菊花。没有牡丹，在当时因为其大红大紫，还被归入俗艳一派。这些小小的花朵，如同丝巾里飘出的一缕秀发，骤然俏皮了许多，很有唐诗宋词里那种疏影横斜、暗香浮动的意境。

我便是那时学会刺绣的，与素描课的勾线一样，妈妈用一个时辰的工夫，便教会了我基本的针法。极用功，初始在碎布头儿上反复演习，随后在自己的衣服上试验，渐入佳境，竟然帮了许多同学设计。绿衬衣上绣一片绿色的叶子，米黄色的领尖上绣一朵橘色的花朵，全靠丝线的光泽。不甚精湛的手艺，在衣服的某一处若隐若现，有着隐忍的嚣张。

十四岁那年，我得到人生的第一双皮鞋，妈妈托人从上海带回的礼物。黑色，亚光猪皮，简单的方口平跟皮鞋。这就足以让小伙伴们惊呆了。一群人围着一双鞋子相互传看，每一只脚都要伸进去尝试。过不了一个月，几乎每个女孩都有了同一种款式的猪皮鞋。穿同款的衣服和鞋袜，是那个年月的时代特色，多少新奇点儿的衣服便穿不出门——我们生活在集体主义的丛林里，它好像是一个安全的洞窟，只有不突出自己才能保护自己。

戴的第一块手表是念高中那会儿，小姨夫从海南岛买回来的英纳格表。它只有五分硬币的大小，银色的钢表带，煞是好看。手表货真价实，上发条的机械表，戴好多年都不坏。看见有人，就会不停地举手看表。许多年后，我在香港买了一只石榴石的戒指送给小姨，是为了报答小姨夫送的那块表，它让我在少女时光，拥有了一种物质自信。

这些事物，记得如此清晰，是因为物质的匮乏和精神的单调。

生命中有几个小小的惊喜和点缀，铺陈到很长的岁月里，竟然都成为成长的记号和回忆的路标。

今年去苏州，一件手绣的旗袍竟然开价万元，仍是咬牙买了一件。纵使哪一天穿不得了，压在箱底儿了，到了人老珠黄的年纪，偶然翻出来相看，估计也能寻到点儿"衣上泪痕和酒痕"的轻狂吧！

写下这些，是浮想了许多次，试着要给自己找一个刺绣老师，认真学习一门技艺。若是生在古代，不读书不识字，我会不会是一位出色的绣女呢？

既然秋天来了，那就坚决去买一件纯色的亚麻衬衣，而且一定要在袖口处绣一朵花，用来怀念一个时代。

（《作家文摘》2017年总第2008期，摘自2017年2月4日《人民日报·海外版》）

过去的生活

王安忆

　　有一日，走在上海虹桥开发区前的天山路上，在陈旧的工房住宅楼下的街边，两个老太在互打招呼。其中一个手里端了一口小铝锅，铝锅看上去已经有年头了，换了底，盖上有一些瘪塘。这老太对那老太说，烧泡饭时不当心烧焦了锅底，她正要去那边工地上，问人要一些黄沙来擦一擦。两个老人说着话，她们身后是开发区林立的高楼。新型的光洁的建筑材料，以及抽象和理性的楼体线条，就像一面巨大的现代戏剧的天幕。这两个老人则是生动的，她们过着具体而仔细的生活，那是过去的生活。

　　那时候，生活其实是相当细致的，什么都是从长计议。在夏末秋初，豇豆老了，即将落市，价格也跟着下来了。于是，勤劳的主妇便购来一篮篮的豇豆，捡好，洗净。然后，用针穿一条长线，将豇豆一条一条穿起来，晾起来，晒干。冬天就好烧肉吃了。用过的线呢，清水里淘一淘，理顺，收好，来年晒豇豆时好再用。缝被子的线，也是横的竖的量准再剪断，缝到头正好。拆洗被子时，一针一针抽出来，理顺，洗净，晒干，再缝上。农人插秧拉秧行的线，就更要收好了，是一年之计，可传几代人的。电影院大多没有空调，可是供有纸扇，放在检票口的木箱里。进去时，拾一把，出来时，再扔回去，下一场的人好再用。这种生活养育着人生的希望，今年过了有明年，明年过了还有后年，一点儿不是得过且过。不像今天，四处是一次性的用具，用过了事，今天过了，明天就不过了。这样的短期行为，挥霍资源不说，还挥霍生活的兴致，多少带着些"混"。

梅雨季节时，满目的花尼龙伞，却大多是残败的。或是伞骨折了，或是伞面脱落下来，翻了一半边上去，雨水从不吃水的化纤布面上倾泻而下，伞又多半很小，柄也短，人缩在里面躲雨。过去，伞没有现在那么鲜艳好看，也没那么多的花样——两折、三折，又有自动的机关，"哗啦"一声张开来。那时的伞，多是黑的布伞，或者蜡黄的油布伞，大而且坚固，雨打下来，那声音也是结实的，啪、啪、啪。有一种油纸伞，比较有色彩，却也比较脆弱，不小心就会戳一个洞。但是油纸伞的木伞骨子排得很细密，并且那时候的人，用东西都很爱惜。不像现在的人，东西不当东西。那时候，人们用过了伞，都要撑开了阴干，再收起来。木伞骨子和伞柄渐渐地，就像上了油，越用得久越结实。铁伞骨子，也绝不会生锈。伞面倘若破了，就会找修伞的工匠来补。他们都有一双巧手，补得服服帖帖，平平整整。撑出去，又是一把遮风避雨的好伞。那时候，工匠也多，还有补碗的呢！有碎了的碗，只要不是碎成渣，他就有本事对上磕口，再打上一排钉，一点不漏的。今天的人听起来就要以为是神话了。小孩子玩的皮球破了，也能找皮匠补的。藤椅，藤榻，甚至淘箩坏了，都是找篾匠补。有多少好手艺人啊！现在全都没了。结果是，废品堆积成山。抽了丝的丝袜，断了骨子的伞，烧穿底的锅，旧床垫，破棉胎……现在的生活其实是要粗糙得多，大量的物质被匆忙地吞吐着。而那时候的生活，是细嚼慢咽的。

那时候，吃是有限制的。家境好的人家，大排骨也是每顿一人一块。一条鱼，要吃一家子。但是肉有肉味，鱼是鱼味。不像现在，肉是催生素催长的。鱼呢，内河污染了，有着火油味，或者，也是催生素催长的。那时，吃一只鸡是大事情，简直带有隆重的气氛。现在鸡是多了，从传送带上啄食人工饲料，没练过腿脚，肉是松散的，味同嚼蜡。那时候，一块豆腐，都是用卤水点的。绿豆芽吃起来很费工夫，一根一根摘去根须。现在的绿豆芽却没有根须，而且肥胖，吃起来口感也不错，就是不像绿豆芽。现在的东西多是多了，好像都会繁殖，东西生东西，无限地多下去。可是，其实，好东西还是那么些，要想多，只能稀释了。

这晚，去一家常去的饭店吃饭，因有事，只要了两碗冷面。其时，生意正旺。老板和伙计上上下下地跑，送上活蛇活鱼给客人检验，复又回去，过一时，就端上了滚热的鱼虾蛇鳖。就是不给你上冷面，死活催也不上，生生打发走人。现在的生意也是如此，做的是一锤子买卖。不像更远的过去，客人来一回，就面熟了，下一回，已经与你拉起了家常。店家靠的是回头客，这才是天长日久的生意之道。不像现在，今天做过了，明天就关门，后天，连个影子都不见了。生活，变得没什么指望。

（《作家文摘》2016 年总第 1911 期，摘自《男人和女人，女人和城市》，王安忆著，新星出版社 2012 年 8 月出版）

从披肩忆三毛

丘彦明

血液循环不好，住荷兰一入秋，手脚就开始冰冷，常不自觉，可是咳嗽就开始了。为了让我温暖，丈夫把书房的暖气片温度调高，另在计算机桌下放了一只控温电暖套垫，供我把双脚伸入取暖。我自己则将一条红绒毡搭住椅子，另取一条披肩搁椅背上。工作间偶尔感觉冷，便顺手将披肩围在身上。

这条披肩是三毛送我的，每天走进书房不免睹物思人。

披肩并非她刻意挑选买来送我的礼物，因她不是那样的人。一日，我去三毛的台北住处，她看我穿得单薄，立刻回身从衣柜里取出这条披肩，搭我身上，倒退一步，用她那双大而明亮的眼睛，将我从上至下看了遍，点头道："很适合你，天凉，这条是你的了。"

不止这条披肩，我总共拥有四条她赠送的披肩。

三毛送我的另外三条披肩，其中一条是我去加那利探望她期间给的。1981年初，我飞去了西班牙加那利群岛，与三毛朝夕相处三个星期，先住岛上她的家，再赴马德里。三毛欢喜地迎我进入她家，所有装潢皆出自她巧手安排，格调特殊别致又风雅，可惜男主人荷西已不在人世间，仅留下照片悬挂墙上。1月的加那利群岛，白天炎热、夜晚寒凉，三毛拿出驼毛披肩套到我身上。这披肩携带方便，穿上容易又特别暖和，在加那利、马德里停留期间，我主要以它御寒，穿着与三毛留下不少合影。

另一条披肩，以红紫色绣线钩织而成，形如渔网，二十多厘米长的同色流苏相挨，纷纷垂落。围这条披肩完全是起装饰作用。1987年，我任《联合文学》总编辑，那年年底《联合文学》获得了"行政院新闻局"颁发的金鼎奖优良杂志奖，我也同时得到金鼎奖的最佳主编奖。颁奖典礼那日，三毛一再叮咛我先到她家再去会场，我依约前去。三毛开门见我，便朝人在屋内深处的陈伯母喊道："姆妈！彦明来了！我就说她一定不懂打扮自己，你瞧她这样装束怎么上台？我得好好替她改变造型。"继而拉着我的手进入她的房间。记不清自己当时选穿了什么样的衣服，可能是件洋装吧，我觉得布料式样都不错，但看在三毛眼里却平常无趣。

我既瘦又矮，人长得比三毛细小且肩窄；但，这难不倒她。她选出一件高领、胸前有花边的纯白色无肩长袖上衣，是我们在电影中常见的19世纪初西方佳丽外出的典型衣裳，式样端庄高雅；另选出一条浅蓝色底的白条纹棉布宽摆裙来搭配。裙子从裙腰至围住腹部的一段采用合身剪裁，外面加缝一层精美的白色手工绣花布，衔接打细褶斜宽出去的四片裙。裙长至小腿肚，左侧开衩，高至大腿一半处。裙子色彩清雅、做工精致、设计独特。我穿上衣、裙居然完全合身，三毛左顾右盼十分满意，请来陈妈妈细瞧，也夸好看。三毛一不做二不休，替我将及肩的头发梳了个公主头，再取胭脂为我化妆。临出门，三毛拿出红紫色披肩替我围上，欢喜地拥抱说："真好看，完全是你的格调。衣服你就留下来穿。去吧！"上台领奖，掌声响起的刹那，我觉得自己正是童话故事《灰姑娘》中的Cinderella。

第四条，深土黄色毛线钩织成的镂空花披肩，编有长约十厘米的流苏。一日，三毛坐在房间内一张矮木头方桌前赶写一篇急用稿，我在旁边等待，看她写得行云流水，十分感叹，极为羡慕。写着、写着，她突然抬起头看了我一眼，停下笔，起身打开衣橱，取出这条披肩替我围上，再重新坐下继续书写。所有动作中间，没有言语、没有特殊的脸部表情，但是三毛的细腻与对人的关怀已表露无遗。身围这条披肩坐着不觉得它特长，站起来才发现披肩的后尖几近脚跟，照镜子很像穿长燕尾服，非常有趣。三毛看了也觉得好笑，说："带回去玩，坐下来看书或写稿时也可以披着，暖和一些。"

告别编辑生活，但与三毛的友谊持续着。回台北，去到她自己布置的公寓（离父母家很近，仍常回去），室内装饰一如既往，弥漫着她独特的布局与格调，每处小细节都能让人感受到她与众不同的兰心蕙质。我特别注意到悬挂着编织精巧的空鸟笼，晃过一阵心痛，里面的意思我想我是懂的：荷西已去世多年，三毛想重新有家，即使她愿意义无反顾，却没人能像荷西那样，用最纯粹的爱情去爱她。周围众多的追求者的心思，她看得太清明了，怎能不遗憾无奈。

1991年1月4日，她以自杀的方式结束了四十八岁的短暂人生。

总有人问我，三毛究竟是怎样的一个女子？我亲眼看到她随时可提笔，不必修改即成好文。我亲耳听她整段、整段地背诵《红楼梦》；而评《红楼梦》，她也有不同于一般的新见解，让我讶异。谈话中适时引经据典及完整的唐诗宋词，有令我震惊的好记忆。她阅读速度极快，阅读范围广泛，除了文学，哲学、天文、历史、地理等均涉猎，又不人云亦云，有自己的解析。她，绝对是个智慧的天才型女人。另外，她沉溺于美感的创造与挖掘，对不同事物、他人与自己都要能呈现出别致独特的美；她自己能极容易做到，周围的大多数人却不行或跟不上，这使她痛苦；再加上她太过丰沛的有情有爱，无法获得相应的反馈，反倒更伤她的心肠。她，实在是个悲剧的女子。

（《作家文摘》2017 年总第 2045 期，摘自《人情之美》，丘彦明著，中信出版集团 2017 年 5 月出版）

上海女人的细节密码

李大伟

相比男人，在上海的女人越来越国际化。很少去老城隍庙，更喜欢去思南路，坐在街沿露天吧，台布绿色的，围栏木质的，一杯咖啡、两块曲奇，三五闺密，瞎七搭八。开口国语，难免英语，更时髦的说法语，以示高雅、小众、稀缺，企图超凡脱俗，立志摆脱大众。

上海女人越来越小资化。

什么叫小资？"一份工作、四季衣裳、八面玲珑、十二分焦虑。"特立独行是她们的行为特点。大家看电影了，人家看话剧了；大家学英语了，人家学法语了；大家在家过阴历年，人家去香港过洋节了；大家去纽约逛时代广场了，人家去大都会看展览了；大家去欧洲了，人家去非洲了；大家有条件住星级宾馆了，人家住民宿了；大家用筷子吃饭，人家用刀叉吃西餐了；大家用刀叉锯牛排了，人家改吃阿娘黄鱼面了；大家喝早茶了，人家喝下午茶了。什么是温柔？嗲呗。什么是幽默？贫呗。什么是仗义？傻呗。什么是小资？装呗，比如草庵里弹古筝，书房里穿尼裤。总之，立异为高，与众不同。保定话：有点儿"轴"。北京话：有点儿"拧"。上海话：浮腔。

上海是国际化的大都市，吸引了四面八方的移居客，就比例而言，追求浮华的小资越来越多，讲究经济实惠的上海女人越来越少；会说外语的女人越来越多，会说上海话的女人越来越少。小资是知识的产物，是西洋的产物，不是上海的产物。上海女人是阿庆嫂，讲究经济实惠。但数量决定质量，上海女人的成分被庞大的小资稀释了，于是本地特色被异化了。在全国人民眼里，上海女人被简略为一个字："嗲"；压下秤砣，翘起另一端的"作"。嗲与作，一根线上的两只蚂蚱，上海女人被严重歪曲了。

其实，原汁原味的上海女人，不是《红楼梦》里的女人，也不是琼瑶笔下的女人，更不是张爱玲笔下的女人。上海是个工业城市、经济城市，生活成本高，夫妻双职工才能撑起一个家庭的体面。所以，上海女人绝大部分既是工人、店员、职员等工薪阶层的家子婆，自己又往往是劳动人民的一员，"勤快会做"是基本。早饭是泡饭，急急忙忙开水泡软隔夜的干饭，饭勺揿散结块的饭团，"豁落豁落"，三口两口下肚，然后上班。下班后，急急忙忙赶回家，淘米汏菜。上海女人的绰号：马大嫂（谐音：买、汏、烧）。

上海女人会"做"，不会"作"，她们的口头禅："恨不得两只脚搁在肩上。"当手派上用场，尤其星期天，这句口头禅使用频率更高。做孩子的知道，大人忙的时候，小孩识相点，否则"竹笋烤肉片"。被子自己"绗"，衣服自己洗，西裤自己熨，从里到外都是自己做。家，不是按揭买来的，像鸟儿衔草筑巢，是一天天做出来的。上海女人，来不及"做"，哪有空"作"？！"会做伐？"是评价新娘子的首选标准。"好看伐？"则是评价姨太太的。上海女人有句励志的口头禅："好看又不能当饭吃。"在从前，即便姨太太，也要烧得一手好小菜，有客来访，拿得出手。

杨绛在上海读完中小学，然后去清华，毕业后陪着夫君再到英国留学，回国后，落户上海。她既是缙绅人家子女，也是大学教授的夫人，抗战时期，保姆辞工回乡了，为了"做人家"（沪语：节省），甘做"灶下婢"：劈柴、生火、烧饭、洗衣，"行有余力，则以'写'文"，闲下来了，才写作、翻译，写可以上演的话剧剧本。钱锺书的《围城》就是在杨绛生煤炉的环境中写成的，属于烟熏货。杨绛上得厅堂、下得厨房，是顶呱呱的上海女人。

如果我是贺友直，画一组上海女人生活画，画面这样处理：在外，山青水绿；在家，腰系围单，长袖挽起。一手抱小囡，一手拎煤炉。站着抱孩子，蹲着生煤炉。揩布不离手，命令不离口："抬脚！"因为地有落屑。最后一页只剩下文字一行：里里外外一把手。

过去对上海女人的最高评价：阿庆嫂！现在的女人，不雇钟点工的叫"劳"婆，雇用钟点工的叫兼职太太，雇用住家保姆的叫全职太太，是嫁得好的榜样。升格为"搪瓷七厂厂长"——荡在家里、住在家里、吃在家里。"瓷"与"住"、"七"与"吃"，在上海话里发音相同。懒女人就是享福人！昏过去。

过去，知识女性像劳动人民，鄙视坐而论道，讲究"起而行"；现在，"劳"婆更像知识分子，四体不勤、五谷不分，当描花瓶，仅供瞻仰。

二十年前，上海开始去工业化，上海籍女人做白领的多，但白领不代表上海女人，好比我的爸爸是男人，但男人未必都是我爸爸。

（《作家文摘》2017年总第2076期，摘自2017年9月24日《新民晚报》）

辑四
这一站到那一站

每个人新的一天，都是从这一站到那一站，

在流动与迁徙之中，只要不忘失自我，保有热血与志气，

到哪里不都是一样的吗？

这一站到那一站

林清玄

最近在搬家，这已经是住在台北的第十次搬家了。每次搬家就像在乱阵中要杀出重围一样，弄得精疲力竭，好不容易出得重围，回头一看则已尸横遍野，而杀出重围也不是真的解脱，是进入一个新的围城清理战场了。

搬家，真是人生里无可奈何的事，在清理杂物时总是面临舍与不舍、丢或不丢的困境，尤其是很多跟随自己许多年的书，今生可能再也不会翻阅；很多信件是少年时代保存至今，却已是时光流转，情境不再；许多从创刊号保留的杂志，早已是尘灰满布，永远不会去看了；还有一大堆旧笔记、旧剪贴、旧资料、旧卡片，以及一些写了一半不可能完成的稿件……每打开一个柜子，都是许多次的彷徨、犹豫、反复再三。

好不容易下定决心，把不可能再用的东西舍弃，光是纸类就有二百多公斤，卖给收旧货的人，一公斤一元，合起来正是买一本新书的钱。

还舍弃一些旧家具，送给需要的朋友。

　　由于想到人生里没有多少次搬家，可以让我们痛快地舍弃，使我丢掉了许多从前十分钟爱的东西，都是不能用金钱衡量的一些成长的纪念。舍掉的东西林林总总，恐怕有一部货车那么多。

　　即使是这样，这次搬家还是动用了四辆货车才得以完成。这使我想起从前刚到台北，所有行李加起来不过一只旅行袋；后来搬家，则是一只旅行袋加一只帆布袋；学校毕业时搬家竟动用了一部小货车，当时已觉得是颇大的负担。

　　在时光的变迁中，有些事物在增长，有些东西在消失，最令人担忧的恐怕是青春不再吧！许多事物我们可以决定取舍，唯有青春不行，不管用什么方法，它都是自顾自地行走着。

　　记得十年前一个寒冷的冬天，我住在屏东市一家长满臭虫的旅店，为了看内埔乡清晨稻田的日出，凌晨四点就从旅店出发。赶到内埔乡时，天色还是昏暗的，我就躺在田埂边的草地等候，没想竟昏沉沉地睡去了，醒来的时候日头已近中天。

　　我捶胸顿足，想起走了一个小时的夜路，难过得眼泪差一点落了下来，正在这时，我看到田中的秧苗反射阳光，田地因干旱而张开的裂纹连绵到天边。这种非常之美，是我从未见过的景象，立即转悲为喜，感觉到如果能不执着，心境就会美好得多。

　　那时一位农夫走来，好意地请我喝水，当他知道我来看日出的美景时，抬头望着天空出神地说："如果能下雨，就比日出更美了。"我问他，下雨有什么美？他说："这里闹干旱已经两个月了，没有下过一滴雨，日出有什么好呢？"我听了一惊，非常惭愧，以一种悔罪的心情看着天空的烈日，很能感受到农夫的忧伤。后来，我和农夫一起向天空祈求下雨。我深切地感知到：离开了真实的生活，世间一切的美都会显得虚幻不实。

假如知道了无论有没有阳光，人都能观照，就知道了舍与不舍，都在一念之间。

不只是搬家，每个人新的一天，都是从这一站到那一站，在流动与迁徙之中，只要不忘失自我，保有热血与志气，到哪里不都是一样的吗？

我们现在搬家还能自己做主，到离开这个世界时也是身体的搬家，如果不及早准备，步步为营地向光明与良善前进，到时候措手不及，做不了主，很可能就会再度走进迷茫的世界，忘记自己的来处了。

（《作家文摘》2017 年总第 2016 期，摘自《心有欢喜过生活》，林清玄著，长江文艺出版社 2016 年 1 月出版）

书痴的悔悟记

彭　程

不久前，一次搬新居的经历，让我对拥书过多的弊病，有了切肤的感受。

早就明白，书太多的话，一旦搬起家来会十分费事，琐碎繁杂。所以在定下搬家日期前半个多月，就开始慢慢倒腾了。下架，分类，打捆，堆放在客厅的一个角落里。常言道"书到用时方恨少"，我却要说"书到搬时才知多"。好几天过去，眼瞅着客厅那个角落里书堆越来越大，但书柜里却似乎并未明显减少。

因为聚书成瘾，平时也时常招来家人的抱怨，但癖好始终不曾收敛，反而是逐渐升级。一段时间未进书店、不曾买书，就会觉得浮躁难捺，必须要去逛上半天、搬回来一摞，心境才稍告安。

这么多年来，买书，藏书，基本上是只进不出。一经过书店门口，脚就由不得自己了，看到报纸上介绍哪儿开办书市了，总是心里痒痒想去看看。总之，让我想买书的环境、因素实在是太多了，防不胜防。

这般日积月累，于是书斋成"书灾"、满坑满谷举目皆书的局面是在所难免了。在原先那间只有几平方米的小书房里，书先是在书柜里繁衍，一排变为两排，后来书脊上方与隔板间的空隙也横着插满了书。等到书柜里面一点空间都没有了，就开始向外面蔓延蚕食，弄得每次打扫卫生都十分费事。

搬到新居后，书房面积比过去是增加了，但由于变分散为集中，实际上放书的有效空间并没有增加多少。夫人下令，只能放在书房里，再不能到处随意乱搁。看她的决心，如果敢越雷池一步，离婚的心思都有。为新居特意订制了五个书柜，占满了整整一面墙壁，顶天立地颇有气势，本来以为容量足够了，但上架时才发现，撑死也就能放下七八成的样子，其他的还得另找安身之处。书柜和墙壁之间的空隙，还有书柜顶到天花板之间的地方，也都见缝插针塞上了书。曾希望借这次搬家，让书房变得整齐有序，但一开始就证明这只是痴想而已。

我自忖并非习性偏激之人，判断处置事情，基本上还是听从理性的。但在藏书一事上，有时却有点搞不明白自己了。尤其是看到许多书从来不曾翻阅过、将来是否会看也难说，或者为搜寻某一本书费好大气力才如愿以偿时，心中也常常会泛起一缕困惑：买这么多书真的有必要吗？

金克木先生写过一篇文章，题目就叫《书读完了》，大意是说天下的书籍虽然汗牛充栋，但真正本初意义上的知识和见解其实也有限，绝大部分的不过是注解、阐释和发挥，相互之间大同小异，所以，只要读透那些经典意义上的书籍即可，其他的都可以不管了。而这些必读之书，数目其实是有限的。我曾经不止一次地向比我染癖更深的朋友转述这个见解，可见并非冥顽不化，但为什么就不能落实到自己的行动上？

　　省察起来，这种习惯该是源自某种意念的执着。对一件事情，一个目标，大量地投注感情，念兹在兹，反复地放大、强化、提升它的位置和重要性，结果就是它变得比一切都重要。这样往往会使得判断力变得可疑，做出许多让人难以理解的行为。譬如在逛书店的时候，在购书的片刻，摩挲着新书光洁的封皮，嗅着纸张散发的清香，心醉神迷之时，他们潜意识里恍惚觉得自己会有几百年的寿命可活，足以慢慢消受自己的藏品。

　　最匪夷所思的是，随着无限制地积累书籍，他们会逐渐滋生出某种怪异的欲望。这次搬家的过程中，我得以对藏书大致清点，发现了某些自己平时习焉不察的现象。只因为心仪某位作家的某一部作品，就将他的全部作品悉数搜购。还有，不知从什么时候开始，悄悄萌生了版本收集的嗜好。比如已经有了某部外国文学作品，但看到有新的译本问世，也忍不住要买下，却并非为了比较不同版本译文间的高下优劣。如此这般的情形，不一一而论了。总之，这种种意念和行为所产生的直接后果，就是书越来越膨胀。

　　前后十几天，每天埋在书堆里几个小时，累得不轻，却也得以梳理了一些想法，都是平时无暇去想或不愿去想的，似乎弄明白了许多事情。于是发誓，从现在起，一定要用理性和意志来约束自己，再不要无节制地逛书店和买书了，要把时间和精力用在阅读和消化现有的藏书上。启功先生有诗云："读日无多慎买书。"以我现在的年龄，正常情形下还有三四十个年头可活，即便按照一周读一本书的速度，也不会超过两千册，而我书柜里迄今为止买了未看的书，已经是这个数字的好几倍了。每本书，购买之时都仿佛多年梦中情人一朝得遇，但携回家后，大多数却束之高阁，不再过问。让美人成旷妇，罪过罪过！今后再不能这样了。

决心既下，感到一阵轻松舒畅。那是一种洗心革面、面对新生活的感觉。

不知不觉中，已经整理了半天，腰酸背痛，便坐下来歇息一下，沏一杯茶喝，随手拿过一份读书报纸闲翻。报纸上在介绍一本新书《书痴忏悔录》，从这个书名揣摩，主人公该和我是同类，他因为什么而忏悔呢？先买回来看看吧。

（《作家文摘》2017 年总第 2082 期，摘自《纸页上的足印》，彭程著，人民出版社 2017 年 1 月出版）

从借书到借人

聂震宁

"书非借不能读"，我对古人的这句读书名言一直特别喜欢。因为此话说得微妙真切，引人回味。

在我们的文化传统中，借书是有佳话流传的。最著名的是宋濂借书。明代重臣宋濂，一代文豪，著述颇丰，主纂《元史》，他少时家贫，全靠借书、抄书而读，后人演绎出宋濂借书守信的故事。故事在《弟子规》上能读到。

对于借书，从短缺经济年代和书荒年代走过来的人们会有不少故事。那时候我家很穷，有时候吃饭都成问题，书是断然买不起的。母亲爱读书，只能从县图书馆借。我就跟在后面瞅着空读一点。母亲只有一本借书证，一次只能借一本书，借期很紧，为此不少书我只看了一半就被还掉，放学回来寻书不得，心下很是失落。有时候我也从同学手上借，尽管借期紧迫，因为是独自享受，还是有偷着乐的感觉。到了 20 世纪 70 年代，我在广西山区农村插队，知青们时不时会走村串寨互相借书，一本好看的书在五六个村寨传看是常有的事情。知青们是读闲书以消磨孤寂时光，那时我们就喜欢说"书非借不能读"这句话，但并不晓得出处。似乎当时想表达的意思是：借书有理，不借不对。这当然不是此话的原意。

"书非借不能读"这句名言出自清代诗人、诗论家袁枚（子才）。袁枚，杭州人氏，在我的家乡南京住了五十年，置有宅院名"随园"，人称随园先生。随园先生在其散文名篇《黄生借书说》中讲述了自己对阅读的体验和感想。他说，少年时自己家境贫寒，无钱购书，邻家藏书甚丰，前往借阅而遭拒绝。这使自己对书的兴趣越发浓厚，以后偶尔从别处借到书便孜孜不倦地攻读。后来当了官做了知县，有足够的薪俸购书，家中的藏书也日渐丰厚，却来不及去读了，灰丝蒙卷，生了书虫。对此，随园先生深有感触，并对前来借书的黄生说：书非借不能读也。

总之，私人间借书是有趣的。只是此类古朴有趣的事情现在已经不多见了，人与人的关系比起当年来要矜持得多。现代社会里人们借书的途径主要是图书馆服务，业务用语为借阅。

眼下，公共图书馆的借阅正越来越引起社会的关注。近几年，公共图书馆的建设得到重视，政府经费投入增加不少。人们都希望公共图书馆在全民阅读活动中发挥积极作用。可据我们所知，许多城市公共图书馆现在都在发力，在服务读者方面用了不少心思，但还是有不少图书馆借阅业务至今还开展得不尴不尬，究竟是何缘故，不得而知。

2011年7月去香港参加书展，听说香港还出现了一项图书馆创新业务：借人。原来，这是十余年前起源于欧洲的活动。借书是为着读书，借人则是与人交流。根据一位读者或一组读者的需要，这样的图书馆可以借出跟某书有关的人，也可以借给跟某些主题相关的人，譬如作者、专家、名人以至于各行各业各色人员。借人的主题很丰富，有公民权利、当代中国、香港教育、人类能源、全球信息化、国际政治等，也有就业和职业辅导、养生保健、心理卫生、预防犯罪、道德探讨等。这样的图书馆将一批准备出借的人员做好编目，让读者选择。读者可以预约，像预约借书那样。

据说这项活动已经在五十多个国家、地区开展。从私人之间借书到图书馆藏书出借，再到图书馆借人，人类社会的阅读文化走过了多么长的一条发展之路！

当然，据我所知，现在大多数真人图书馆与图书并没有直接关系。这似乎不太好。既然称为图书馆，还是要以书为本，读者应当以读书为要，借人与借书要多一点结合。毕竟，与人谈话不能代替读书，听人说书不能代替读历史书，听《论语》心得不能代替读《论语》，观看电影电视剧《红楼梦》也代替不了读小说《红楼梦》的。

（《作家文摘》2020年总第2315期，摘自《阅读的艺术》，聂震宁著，作家出版社2020年1月出版）

生命的拼图

潘向黎

最近几个月，基本处于闭门不出的状态。焦头烂额地忙，加上身体不好，下了决心：哪儿都不去，谁都不见。因为即使勉强去了，见了，整个人也是形不散神散，对别人不礼貌。

从父母那里传来消息：一位父亲的老朋友要来。这位伯伯姓吴名长辉，是我们的同乡，父亲大学时代的好朋友，上个世纪 70 年代末开始去了香港，从此很少见面。这次他偕夫人回内地，先到上海，再回福建老家。心想：可惜我不能见了。

吴伯伯来了，不住宾馆，就住在家里。第二天，妈妈给我来电话，说："他们想见你，你不能来吧？"我说："不能。找个时间通一个电话好了。"

第三天，妈妈又来电话，说："你吴伯伯还是想见你。他说当年他去香港的时候，你放了学赶来送他，但是没有赶上，他从车窗里看到你失望的样子，这么多年一直没有忘记，所以很想见见你。"我愣了一会儿，然后说："我明天回家见他们。"那是真的，因为当时我确实在泉州读书，所以他没有记错。那真的发生过，而且被一个人在心里记了二十多年。所有闭门谢客的理由都融化了。

"打的"回了父母家，客人去浦东参观还没有回来。等了几个小时之后，见到了他们。吴伯伯的轮廓没有大变，只有头发和体态泄露了岁月的秘密。伯母不复我童年记忆中的天仙美女（我看过她的婚纱照），但是有着这个年纪的女人少有的单纯的笑容。吴伯伯看了我一会儿，说："你没有变，如果在路上遇到，我会认出你。"我想：是不是他曾经想象过我们在街头的人流中偶然相遇？

提起当年的那一幕，吴伯伯说："那时候，你在泉州北门读书，放学以后赶到华侨大厦门口送我，车已经开了，我看见你远远跑过来，看见车开了很失望，几乎要哭出来的样子。那个样子我一直记得，这么多年一直记得。"之所以记得，不仅仅因为当年的我是一个小小的孩子，也不仅因为我是他的好朋友的女儿——而是在一个离开家乡的人的心中，我的面容和对家乡的最后一瞥重叠在了一起。

而当年，我是那么重视那次分别，因为当时父亲不在泉州，不存在父亲命令我去送行的可能，是我自己要去送行，而且一定在上课时心神不定，下课之后一溜烟地跑到华侨大厦——就是骑自行车也要二十分钟的路程。在当年的我的心目中也许觉得会是永别，因为那时的香港，还是一个遥远的地方，像月球一样遥远、陌生而难以到达。没有能够见上"最后"一面，我的失望和伤心是可想而知的。

但是岁月已经把这一节抹去了。关于这个吴伯伯，我记得的，是我更小的时候，和父亲一起到他在石狮的家里做客。那里保留了当时全国少有的繁华热闹的自由集市，我自从出生以来第一次看到那么丰富的蔬果，那么生猛的海鲜，记得摊贩们纷纷大声招呼吴伯伯，说自己的货好、新鲜。吴伯伯出手阔绰，根本不还价，买了许多鸡鸭鱼肉和海鲜，还有我从未见过的大芦柑。他的家是一幢石头的大楼房，今天想起来就是别墅，底层养着一条大狗，我很害怕，所以上了楼就不敢自己下来，吃过丰盛的午餐，当爸爸和吴伯伯聊天的时候，我就在楼上从一间房间走到另一间房间，手里不停地剥着芦柑。再后来，关于吴伯伯的记忆就是 1994 年我去香港，从爸爸那里要了他们的电话号码，打了几次，不论白天晚上都没有人接，就没有能见上。说起来才知道，那时他们去了美国女儿家。

我们一边吃着螃蟹，一边聊天，感觉似乎没有分别过那么多年。他说想看我写的书，我在家里找到了三本，都送给了他们。往扉页上题词的时候，心里既没有骄傲也没有自卑，因为知道自己面对的是写作者最渴望的朴素的接纳。

回家的路上，我的心里还充满了重逢的温热。但是，那让他难忘的一幕，我真的一点都不记得了。在这以前，我一直觉得我的记性很好，而且很早就开始记事。现在看来，也许并不是这样。

生命是一幅拼图，由许多块小拼板组成。人总是想争取更多更好的拼板，好将自己的人生拼出美好的图案。但是在我们成长、奋斗的过程中，有一些拼板却被遗落了，有的散落在岁月的某个角落，谁都不能再到达的角落，永远无法回到我们生命的拼图上；有的握在了某一个故人的手里。没有他们手里的那块小拼板，我们的生命其实是不完整的。寻找那些小拼板，然后放回至生命里应该的位置，让生命少一些空虚和遗憾，这也许就是重逢的意义。

（《作家文摘》2017 年总第 2031 期，摘自《茶生涯》，潘向黎著，江苏凤凰文艺出版社 2016 年 1 月出版）

头面风光

余秋雨

怠慢理发

二十几年来，我从来没有进过理发店。

"那由谁给你理发？"他们问。

"我妻子马兰，由她包了三分之一。"我回答。

"马兰学过理发吗？"他们问。

"没有。她在我头上开始第一剪。"我回答。

"第一剪之后到外面学过吗？"他们问。

"我的头是她唯一的学校。"我回答。

"你说她包了三分之一，那么还有三分之二交给谁了？"他们问。

"我自己。"我回答。

"你自己？自己怎么剪？"他们问。

"左手摸头发，右手拿剪刀，摸到长了就一下子。"我回答。

这二十几年，恰恰是我无法推拒各方面的盛情不得不频繁上电视的年月。这也就是说，由我自己或马兰随手乱剪的头，几乎天天要以特写的镜头面对数以百万计、千万计的观众！

让我困惑的问题是，为什么始终没有一个观众对我的发式、发型提出过任何意见？

答案没有找到，却让我更加放心地拿起了剪刀。

如此怠慢理发，并不是我故作潇洒，而是遇到了一系列无可奈何的状况。

"断发而祭"

记得在环球历险考察时要经过很多恐怖主义地区，成天毛骨悚然，可以想象头发纷披的样子。这样子，出现在镜头上倒是与环境气氛符合。过些天，暂时脱离恐怖主义地区了，主要标志是路边有了一些小买卖。有一次看到那些小买卖边上用一块黑油布围了一把脏兮兮的椅子，黑油布上挂了一条硬纸，上面画了一些红白相间的斜条，有点像国际间通用的理发店记号。我对自己的猜测产生了好奇，就抬手摸了一下自己的头发。果然头发已经又长又乱，便向那把脏兮兮的椅子走去。刚走两步，就见到一个男子用当地土话招呼我，手上举着一把生锈的大剪刀。正是这把剪刀把我吓着了，我赶紧扭身而回。

这天晚上，我在栖身的小旅馆里找出随身带着的普通小剪子，决定自己来剪一下头发，因为明天一早还要上镜头。这一路，马兰不在身边，只能自己动手。

我右手握着小剪子在头发上滑动，只要左手抓住了什么，便咔嚓一声。随即把剪下来的一小绺头发放在手边的稿纸上，就像白亮的天空中出现了一小撮乌云。很快，第二、第三撮乌云又来了。

侧头一看，觉得这个比喻太大了，其实这一绺绺剪下来的头发，更像一支毛笔涂下的残墨。

不错，残墨比乌云更准确。我是一个写书法的人，这一路没有携带毛笔砚台，却让头顶负载来了"残墨"。如此一想，我决定把这些"残墨"洒落到这恐怖而又荒凉的沙漠上，便起身关掉了房间的灯，拉开了厚厚的黑窗布，打开了窗。在这里，任何一扇有灯光的窗，随时都可能招来射击。

我在关灯、开窗的过程中，突然想到，在中国古代，"断发而祭"是一种隆重的典仪。此刻窗外，还有土垒战壕，我以此来祭祀伟大古文明的陨落，来祭祀千年雄魂的悖逆。我相信，在我之前，不会有另一个中国人在这片土地上"断发而祭"。

笑话连连

马兰也不专业，剪头发的时候就笑话连连。

有一次她下手有误，把我的鬓角剪得太多，露出了一块白白的头皮，十分惹眼。要命的是我下午就要演讲，怎么办？

我先想到用墨汁涂一下。马兰笑着说，万一流汗了，墨汁与汗一起流下来，在脸上留下几道乌黑的纹样，怎么办？

因此，她想到了擦皮鞋的黑色鞋油，涂上去，不会随汗水流下。黑色鞋油已经长久不用，忘了放在哪里了，好不容易找到，已经有点干涸。试着一涂，太厚太黑，更加难看，于是又在笑声中洗掉。

洗掉后我低头一想，充满信心地说："如果我的演讲精彩，所有的听众都被内容吸引，谁还会关注鬓角？"

马兰也说："对，这里留点白，别人还以为是一种新的发式，把你看成一个引领潮流的人。"

果然，下午演讲大获成功，没有人批评我的鬓角。

放弃

理发，很多人看得很重。因为这是"头面风光"，牵涉一个人的自身尊严，以及对他人的礼貌。

但是，我把这一切都放弃了。说到底，"头面风光"没有那么重要。

我所说的"头面风光"并不是指那些虚衔空名，而是实实在在承载着我的五官表情的"头面"，展示着我的言辞气度的"风光"。不错，这也不重要。比较重要的是，"头面"背后是什么，"风光"背后是什么。

文末需要说明，现在我不上电视了。不是因为身体疲倦，而是因为兴趣疲倦。

剪头发的事，还是由我自己和马兰轮着做，我三分之二，她三分之一。剪下来的头发，仍然放在手边的稿纸上，依然像一绺绺乌云，一撮撮残墨。只不过，出现不少花白的丝缕，就像乌云渗进了日光，就像残墨渗进了清水，都淡了下来。

（《作家文摘》2019年总第2223期，摘自《雨夜短文》，余秋雨著，天地出版社2019年4月出版）

暖日子，冷日子

袁山山

儿子小时候因为不喜欢上幼儿园，总是盼着星期天。因为星期天在日历上是红色的，儿子就称其为"红日子"。每到星期天晚上睡觉时，他就会念念自语："唉，红日子又过完了，黑日子又来了。"我一边偷着乐，一边一本正经地教育他，要想过红日子，必须先经历黑日子。每个人都是一样的。

现在他长大成人，工作忙到所有的日子都是黑的，有时连法定的长假也不能休息，红转黑，我却再也听不到他抱怨了。也许，当孩子的期盼转化为成人的期望，就自然而然卸载掉了许多单纯的快乐。

其实在日历之外，我们每个人都有自己的红日子和黑日子，或者说暖日子和冷日子。我们会在不经意间悄悄翻着属于自己的日历，享受着自己的好日子。有些日子的色彩是我们自己染上去的，有些日子的色彩是生活赠予的，有些甚至是我们刻意安排的。当然，绝大多数的日子，是没有颜色的日子，平平淡淡。

记得我刚当编辑的时候，很认真，对每一位作者的来稿都非常负责，于是经常纠结，不忍退稿，尤其是熟悉的作者，退稿让我感觉难受。后来，我就专门挑选一个明朗的日子来做这件难受的事，一封接一封地写退稿信，诚恳而歉意。一口气退掉数个，如释重负。这样的日子，被我称为"退稿日"。

后来就有了这样的习惯，把一些必须做又不想做的事，挑一个日子集中完成。比如挑一个好天气来耐心收拾我历年发表作品的杂志，分类存放，这算是我的梳理日；又比如在一个郁闷的日子整理照片，从老照片里看到曾经的快乐和满足，这算是我的怀旧日；再比如把要熨的衣服集中起来，把熨衣板架在电视机前，挑一个好看的电视节目一口气熨烫完毕，这算是我的贤惠日；还比如外出回来，用一天时间处理带回的各种事务，答应给别人寄的书，答应帮人家看的稿子，或者其他承诺，这算是我的公务日。

包括做好事，也需要下决心。比如看到网上在征集过冬的衣服，或者征集旧书，送给那些需要的人，就立即抄下地址打算做，却总是下不了决心去翻衣柜或者翻书柜。于是给自己定一个爱心日，放下手上的一切，翻箱倒柜地找出东西，然后打包，然后去邮局（寄这样的包裹是无法用快递的，通常在偏远的地方）。

我常常告诉自己，今天必须把这件事做了。权当是老天爷安排的。

这样的日子，不管是黑是红，不管是暖是冷，都很踏实。

说了那么多，终于说到了今天。

今天于我也算个特殊的日子：我一口气做了三件求人的事。求人是我最不愿做的事。但我"不是一个人在战斗"，我有一个需要负责的单位，我还有很多朋友，生活中、工作中总会遇到他人需要你帮忙的时候。现在这个社会，即使是为了工作也常常要靠私人关系。很无奈。所以"找人帮忙"也是我工作的一部分。我不敢说百分之百，但起码百分之九十九求人，是为了工作和部下，为此还留下"恶名"。但只要我还在当这个主编，有些事是躲不过的，我不做没人能替我做。

每每遇到这样的事，我总是一拖再拖，假装忘了还有这样一件事，拖到实在没法拖的时候，才一跺脚，做！

今天就是这样，我脑子里忽然冒出个念头：干脆把今天当成一个求人的日子吧，一跺脚，把几件很难开口又必须开口的事一并解决掉。于是开始发短信，打电话，一一找人。其实，真的开口了，大多是会得到肯定答复的，碰钉子的事很少发生。我所要做的，就是说些好话，然后听别人打几句官腔，然后一再说谢谢。比起那些需要提着东西上门求情的人，我已经很轻松了。但心里依然不是滋味儿，自尊心使然吧。

这个日子，算是我的冷日子。

好在，我事先用教育儿子的话教育了自己：每个人都有自己躲不过的冷日子，过了冷日子才能过暖日子。

或许换个角度想就没那么别扭了，比如把这个日子，定性为助人为乐的日子，或者定性为感谢他人的日子（感谢那些帮我忙的人）。这么一来，冷日子就没那么冷了，甚至会成为暖日子。

其实很多事都看你怎么去想了。也许在种种纠结中，让阿Q领着我们走出死胡同，是个不错的选择。

（《作家文摘》2016年总第1944期，摘自《往事细雨中》，裘山山著，江苏凤凰文艺出版社2016年1月出版）

仓促地到了中年

汪国真

　　像被河水冲刷的船，你仓促地到了中年，体态、面容、眼神、心境都被盖上了中年的印戳。回头望去，乌飞蝉噪、红枯绿瘦，青春已溜得不见踪影；向前看去，鹤发鸡皮、枯萎蹒跚正在逼近。

　　中年和正午有些相似：凝重、深邃、空旷，是生命曲线上的一个极点。站在这儿，来路一览无余，去路上能搅出的动静也大致无出其右了。人生像魔术师抖开了他的包袱，不会再有太多的神秘可言了。

　　人们赋予这个年龄的关键词是"成熟"，可生活仍会硌疼你：家人生病你担心，孩子不听话你生气，工作出错你沮丧，没钱了你发愁……只是你学会了警惕这些灰色霉菌，不再给它们发酵生长的机会了。

　　在你这个年龄，左手要拽着孩子，右手要揽着父母，你成了他们两边的家长。女儿刚踏进青春期，像一只迷乱的羔羊，背上还驮着十斤重的书包。她还那么脆弱，说话稍不对劲就会戳伤她。父母呢，个头缩得那么矮，走路一摇三晃的，你还忍心对他们发牢骚吗?

爱人跟你一样，也在中年的河流上忙着捕捞。

所以，你得有自我疏通和修补的能力。你得维护你一贯的形象：大大咧咧，乐乐呵呵。

这些年来，你受到岁月和生活的双重镂刻，内心也在不停地改变。沧海桑田，有的地方已经变硬了，有的地方却柔软了。从前你是树叶，环境是风，它一吹你就动。你跟着别人赶东赶西去上补习班，今天英语，明天文秘，后天管理，像猴子掰苞谷。宴会上硬着头皮喝酒，却让胃痉挛不止。你在外边温文尔雅，在家里龇牙咧嘴，长着一身倒刺。你只想让社会接纳你，却不清楚自己要什么。

那时，你生活的姿势是引颈远眺。上学的时候盼毕业；女儿小的时候巴不得她长大；工作的时候想退休；在乡野时憧憬都市，追到了都市又怀念乡野。总之，真正的生活在山的那一边，而下巴颏儿下的生活不过是一段歌剧的序曲，一座港口的栈桥。现在你却后悔自己错过了好些生活。因为生命里的每一片草地、每一条溪流、每一块山丘都是只此一次的相遇。在日历被撕了一大半后你才学会了调整焦距，对准眼前。

于是，你能听进父母的唠叨了，愿意陪他们散步了，也知道拉他们去吃这吃那了。发了奖金不再直奔化妆品柜台，而是会给爱人买一双柔软的鞋子。你会带女儿奔到海边看一回大海，冲到上海去看一场 F1 比赛，在她最想圆某个梦而你又有能力的时候帮她圆了，因为梦也会凋谢。你学着把菜炒香，把汤熬得很鲜，你通过这些小事去传递爱。

你知道，也许过不了多久，今天还围着餐桌的父母将无踪可觅。女儿很快也会张开翅膀去寻找自己的天空。她将不会再每天一回家就拽着你的衣襟给你"播报"班上的新闻，也不会再往沙发上一躺，就把臭脚丫往你怀里塞了。幸福在流逝。

相应的，有的东西却在不经意间被抽离了。不再想通过变换外形修改自己了，自己接纳了自己不就等于让世界接纳了自己吗？

现在，你会把一件衣服穿好几年，把一部手机用到无法再用，你想在这套旧房子里一直住到老。越来越多的同事已经开着自己的车上下班了，你却干脆连班车也不坐，改成了跑步上下班。由此你获得了一种自由和力量，你依赖的东西原来很少，生存其实并不困难。生活就是这样，当你退到了潮流的边缘，潮流反而成了不相干的背景。

你也能和自己的工作和平相处了，不像以前那样蚂蚱似的在各个行当里乱跳了。因为你明白了无论什么工作，都像一块布，各有其细致明艳的正面，也有粗糙暗淡的背面。到了中年，生命已经流过了青春湍急的峡谷，来到了相对开阔之地，变得从容清澈起来。花儿谢了不必欷，还有果实呢。

（《作家文摘》微信公众号 2019 年 7 月 4 日）

往事如"烟"

冯骥才

从家族史的意义上说，抽烟没有遗传。虽然我父亲抽烟，我也抽过烟，但在烟上我们没有基因关系。我曾经大抽其烟，我儿子却绝不沾烟，儿子坚定地认为不抽烟是一种文明。看来个人的烟史是一段绝对属于自己的人生故事。而且在开始成为烟民时，就像好小说那样，各自还都有一个"非凡"的开头。

记得上小学时，我做肺部的X光透视检查。医生一看我肺部的影像，竟然朝我瞪大双眼，那神情好像发现了奇迹。他对我说："你的肺简直跟玻璃的一样，太干净太透亮了。记住，孩子，长大可绝对不要吸烟！"

可是，后来步入艰难的社会。我从事仿制古画的单位被"文革"的大锤击碎。我必须为一家塑料印刷的小作坊跑业务，天天像沿街乞讨一样，钻进一家家工厂去寻找活计。而接洽业务，打开局面，与对方沟通，先要敬上一支烟。烟是市井中一把打开对方大门的钥匙。可最初我敬上烟时，却只是看着对方抽，自己不抽。这样反倒有些尴尬。敬烟成了生硬的"送礼"。于是，我便硬着头皮开始了抽烟的生涯。为了敬烟而吸烟，应该说，我抽烟完全是被迫的。

儿时，那位医生叮嘱我的话，那句金玉良言，我至今未忘。但生活的警句常常被生活本身击碎。因为现实总是至高无上的。甚至还会叫真理甘拜下风。当然，如果说起我对生活严酷性的体验，这还只是九牛一毛呢！

古人以为诗人离不开酒，酒后的放纵会给诗人招来意外的灵感；今人以为作家的写作离不开烟，看看他们写作时脑袋顶上那纷纭缭绕的烟缕，多么像他们头脑中翻滚的思绪啊！但这全是误解！好的诗句都是在清明的头脑中跳跃出来的，而"无烟作家"也一样写出大作品。

他们并不是为了写作才抽烟。他们只是写作时也要抽烟而已。

真正的烟民全都是无时不抽的。

他们闲时抽，忙时抽；舒服时抽，疲乏时抽；苦闷时抽，兴奋时抽；一个人时抽，一群人时更抽；喝茶时抽，喝酒时抽；饭前抽几口，饭后抽一支；睡前抽几口，醒来抽一支。右手空着时用右手抽，右手忙着时用左手抽。如果坐着抽，走着抽，躺着也抽，那一准儿是头一流的烟民。记得我在自己烟史的高峰期，半夜起来还要点上烟，抽半支，再睡。我们误以为烟有消闲、解闷、镇定、提神和助兴的功能，其实不然。对于烟民来说，不过是这无时不伴随着他们的小小的烟卷，参与了他们大大小小的人生苦乐罢了。

我至今记得父亲挨整时，总躲在屋角不停地抽烟。那个浓烟包裹着的一动不动的蜷曲的身影，是我见到过的世间最愁苦的形象。烟，到底是消解了还是加重了他的忧愁和抑郁？

那么，人们的烟瘾又是从何而来？

烟瘾来自烟的魅力。我看烟的魅力，就是在你把一支雪白和崭新的烟卷从烟盒抽出来，性感地夹在唇间，点上，然后深深地将雾化了的带着刺激性香味的烟丝吸入身体而略感精神一爽的那一刻，即抽第一口烟的那一刻。随后，便是这吸烟动作的不断重复。而烟的魅力在这不断重复的吸烟中消失。

其实，世界上大部分事物的魅力，都在这最初接触的那一刻。

我们总想去再感受一下那一刻，于是就有了瘾。所以说，烟瘾就是不断燃起的"抽上一口"，也就是第一口烟的欲求。这第一口之后再吸下去，就成了一种毫无意义的习惯性的行为。我的一位好友张贤亮深谙此理，所以他每次点上烟，抽上两三口，就把烟按死在烟缸里。有人说，他才是最懂得抽烟的。他抽烟一如赏烟。并说他是"最高品位的烟民"。但也有人说，这第一口所受尼古丁的伤害最大，最具冲击性，所以笑称他是"自残意识最清醒的烟鬼"。

但是，不管怎样，烟最终留给我们的是发黄的牙和夹烟卷的手指，熏黑的肺，咳嗽和痰喘，还有难以谢绝的烟瘾本身。

父亲抽了一辈子烟，抽得够凶。他年轻时最爱抽英国老牌的"红光"，后来专抽"恒大"。"文革"时发给他的生活费只够吃饭，但他还是要挤出钱来，抽一种军绿色封皮的最廉价的"战斗牌"纸烟。如果偶尔得到一支"墨菊""牡丹"，便像中了彩那样，立刻眉开眼笑。这烟一直抽得他晚年患"肺气肿"，肺叶成了筒形，呼吸很费力，才把烟扔掉。

十多年前，我抽得也凶，尤其是写作中。我住在北京人民文学出版社写长篇时，四五个作家挤在一间屋里，连写作带睡觉。我们全抽烟。天天把小屋抽成一片云海。灰白色厚厚的云层静静地浮在屋子中间。烟民之间全是有福同享。一人有烟大家抽，抽完这人抽那人。全抽完了，就趴在地上找烟头。凑几个烟头，剥出烟丝，撕一条稿纸卷上，又是一支烟。可有时晚上躺下来，忽然害怕桌上烟火未熄，犯起了神经质，爬起来查看查看，还不放心。索性把新写的稿纸拿到枕边，怕把自己的心血烧掉。

烟民做到这个份儿，后来戒烟的过程必然十分艰难。单用意志远远不够，还得使出各种办法对付自己。比如，一方面我在面前故意摆一盒烟，用激将法来捶打自己的意志；另一方面，在烟瘾上来时，又不得不把一支不装烟丝的空烟斗叼在嘴上，好像在戒奶的孩子的嘴里塞上一个奶嘴，致使来访的朋友们哈哈大笑。

只有在戒烟的时候，才会感受到烟的厉害。

最厉害的事物是一种看不见的习惯。当你与一种有害的习惯诀别之后，又找不到新的事物并成为一种习惯时，最容易出现的便是返回去。从生活习惯到思想习惯全是如此。这一点也是我在小说《三寸金莲》中"放足"那部分着意写的。

如今，我已经戒烟十年有余。屋内烟消云散，一片清明，空气里只有观音竹细密的小叶散出的优雅而高逸的气息。至于架上的书，历史的界线更显分明；凡是书脊发黄的，全是我吸烟时代就立在书架上的；此后来者，则一律鲜明夺目，毫无污染。今天，写作时不再吸烟，思维一样灵动如水，活泼而光亮。往往看到电视片中出现一位奋笔写作的作家，一边蹙眉深思，一边吞云吐雾，我会哑然失笑，并庆幸自己已然和这种糟糕的样子永久地告别了。

一个边儿磨毛的皮烟盒，一个老式的有机玻璃烟嘴儿，陈放在我的玻璃柜里。这是我生命的文物。但在它们成为文物之后，所证实的不仅是我做过烟民的履历，它还会忽然鲜活地把昨天生活的某一个画面唤醒，就像我上边描述的那种种的细节和种种的滋味。

去年我去北欧，在爱尔兰首都都柏林的一个小烟摊前，忽然一个圆形红色的形象跳到眼中。我马上认出这是父亲半个世纪前常抽的那种英国名牌烟"红光"。一种十分特别和久违的亲切感涌到我的身上。我马上买了一盒。回津后，在父亲祭日那天，用一束淡雅的花衬托着，将它放在父亲的墓前。这一瞬竟叫我感到了父亲在世一般的音容，很生动，很贴近。这真是奇妙的事！虽然我明明知道这烟曾经有害于父亲的身体，在父亲活着的时候，我希望他彻底撤掉它。但在父亲离去后，我为什么又把它十分珍惜地自万里之外捧了回来？

我明白了，这烟其实早已经是父亲生命的一部分。

从属于生命的事物，一定会永远地记忆着生命的内容。特别是在生命消失之后。我这句话是广义的。

物本无情，物皆有情。这两句话中间的道理便是本文深在的主题。

（《作家文摘》微信公众号 2020 年 1 月 17 日）

砍价的秘密

马未都

　　几年前，北京周边有很多古玩市场。有几个外行的大老板找我，说能不能结伴去玩，顺便买点儿便宜的东西。我说，去玩可以，但有一点，咱有一个纪律——你不懂的别瞎问。因为这个行业有很多规矩，你可以稀里糊涂看，也可以认认真真看，但是你不能随便问价，如不明白你来问我，你要真想买，咱们再去讨价还价。这种地摊文化，最忌讳这个人上来就说这个多少钱、那个多少钱，挨个问一遍，人家懒得回答你，人家知道你不是买家。一般情况下，问某个东西多少钱的，是你有购买的意愿了。理论上讲，他出一个价，你就要还一个价，这才叫买卖。

　　到那儿一下车，还没到市场呢，就看到摆地摊的。一个老乡拿一土碗，往地上一搁，就蹲在那儿。看着这碗，这帮人一拥而上，用脚指着这只碗问："你这个卖多少钱？"

　　那老乡抱着碗说："贵着呢，别踢着我这碗。"

　　这老板就来劲了："它再贵也得有价钱吧？"

　　人家就说："很贵，五万块。"

老板回头看我，我装作没看见，转身就走了。然后呢，他拔腿也想离开，老乡却发话了："别走啊，还个价呀，你还一分钱我都不嫌少。"

人家把话撂这儿了，他就愣在那儿，傻乎乎看了半天。第一，不明白这碗是什么来头；第二，根本不知行情，到底怎么还价呢？想了想说："一千块。"

老板们拿一千块钱不当钱。

这个老乡说："你这钱，不够我本钱。"

老板一下腰就直了，心想：我这个价还得好，没还到本上去，他肯定不能卖给我，这我不就可以拉锯了吗？

老乡说："你得添钱。"

他说："我不能添钱。"

"你怎么得给我添几百块钱。"

"我不能添。"

"那你添一百块钱行不行？"

"一百块钱也不添！"他倒是杠上了。

那老乡就说："你给我添十块钱，让我中午有碗面吃就行。"

他咬定一分不加。

这时候，老乡说："那好，我今天赔钱把这碗卖给你了。"

老板只好从兜里掏钱，数了一千块钱给人家。

他抱着这只碗追上我，说："马先生帮我瞧瞧，这碗值多少钱？"

我说："这碗值十块钱，但教训值九百九，加起来值一千块。按照规矩，如果问完价还完价你不要，那对方就会恼怒。比如那个老乡说他赔钱卖给你，你说不要了，那肯定是要打架的。"

凡事都有道理，不要认为你聪明绝顶，能对付一切。不要认为他蹲在那儿，一副穷酸打扮，他就是个弱者，而你从大奔上下来，你就是个强者。在这样一个碗上，你就处于弱势。第一句话你就出问题了，你用脚点着这个碗说，这碗值多少钱？你是一种鄙视的态度，人家没有直接回答你，不会立刻就说我这个碗值多少钱，那样你肯定不买。人家先说"贵着呢"，首先是保护自己，同时又将了你一军。你感兴趣了，问具体多少钱，他就说五万。你一下就闹不清楚它值多少钱了吧。你一头雾水，就会想一个保险数。你出价一千，人家痛快地说卖给你了，你心里就会很难过。那老乡不会马上就卖给你，说你给的还不够本钱，你立刻就觉得有谱了。人家这句话就是要稳住你，防止你脱套。

你们钓过鱼吗？当鱼一咬鱼饵，第一个动作不是猛提鱼钩，一提就豁了，必须先遛鱼，遛得它没有劲儿了才能拉上来。那卖碗的老乡，就等于在遛你。

砍价的这个过程，对他来讲实际上是反复确认。一千块也罢，最后他说我赔钱卖给你，你还有路可退吗？你只好掏钱。这个故事蕴含哲理：不要认为你永远是强者，强弱之间，是可以瞬间转换的。在一个自己不懂的领域，自作聪明去砍价，也许会被一只普通的老碗砸得头破血流。

（《作家文摘》2016年总第1943期，摘自《都嘟：马未都脱口秀》，马未都著，新星出版社2016年1月出版）

雅　活

王太生

雅活，这个"活"不是活法，而是活计，它大多属于手艺。

外祖父在世时，没读过什么书，却有做得皮箱的好手艺。左邻右舍，谁家女儿出嫁了，她的父母总要笑嘻嘻地登门，像现在求某个人的字画一样，求做一只陪嫁皮箱，好装些陪嫁的锦缎丝绸、金银细软。我见过外祖父做的皮箱，经过几天的手工打磨，泛着幽暗的光泽，散发出皮革特有的沁脾气息。皮箱的把手、四角留有外祖父手指摩挲的印迹，静静地等候它的主人来取。

三百六十行，每一个行当都有它内在的节奏和门道：做法、手艺、态度、力道、火候和快慢。有些活儿粗，比如挑担、夯土、搬运、挖掘……有些活儿细，比如画画、写字、绣花、裱画……

做哪些事情属于雅活？写一首诗，画一幅画，养半园子的花，那些文人墨客的格调，早已渗透到民间。

采薇是雅活。薇是田野里一种嫩嫩的野豌豆，鲜嫩欲滴。春天，采薇女子手挎小竹篮，走在弯弯曲曲的田埂上，到麦菽稗草间，去寻薇。纤纤素手，采回来一道春天的素食。薇，如词，如铃，摇曳在春天的风景里，晓风中，发出窸窣的响声。野薇年年生，年年春天会有不同的女孩去采薇。

箍桶匠箍一只桶是雅活。一只桶，由一片片木块组成，外加两道箍，木块在桶匠手中排列、抱团、紧凑，最后用一根铁丝来箍，要不松不紧，不偏不倚，把一只桶箍起。箍起的桶，立着，并不漏水，成为静物。

裱画是雅活。先要焚香净手，把台面收拾干净，然后把纸放在板上一层层地刮，使之平复、熨帖。裱画这活，雅就雅在先睹为快，眼观百家，一边裱，一边看着瘦瘦宣纸上的一幅字画变得精神起来。

捏面人是雅活。要事先准备好所需的彩色面团。面团在捏面人手中翻滚，被捏出了唐僧、孙悟空、猪八戒、沙和尚。说它雅，是说它能够在瞬间变简单为神奇，在捏的过程中，做的人与看的人，心情都是愉悦的。让人高兴的事，便是雅。

剧团里搬道具是雅活。搬道具的人一边干活，一边可以看演员化装、排练、吊嗓子。搬道具的，如果是个戏迷更妙，哪怕干活不要钱，只要有戏听就行。我认识一个地方戏剧团搬道具的，空闲时，便在老公园的树荫下咿咿呀呀。

跑堂是雅活。跑堂的，每天中午上班的第一件事是洗个不花钱的白大澡，虽然是个囫囵澡，却是洗了个头汤，神清气爽。洗完澡，开始干活，实则是进入了一天的烟水生活。他要提一把大铜壶给澡客泡茶，不怠慢自己，自己也泡上一壶，嫩叶沉沉浮浮，茶还是明前好茶。然后，他要用滚烫的毛巾为澡客揩头，同样也不怠慢自己，两条热把子在头顶一通乱搓，舒服得龇牙咧嘴。

中医诊疗是雅活。路滑，不慎摔了一跤，手腕处骨折、脱位。

上大医院就诊，说要开刀。经人指点，我来到一家乡镇医院求医，两个四十岁出头的中医，不见他们动刀，只是牵引复位，敷药接骨，一段时间后让我去拍片，说骨折处已长起来了。中医治骨伤也是件雅活。

我从前一直觉得，在电影院门口做检票工作的人，干的是雅活。那个人，把票检了，等观众都进了场，他关上门，自己跑到场子里找一个空位置，美滋滋地坐着观赏。这是一件既拿工资，又可以观戏、看电影的美差。

有时候，扫地也变成一件雅活。扫地僧扫的是季节的诗意，他将落红飞花、枯枝衰叶，扫出哗哗声响。

（《作家文摘》2019 年总第 2277 期，摘自 2019 年 9 月 20 日《光明日报》）

澡堂里没有冬天

鲍尔金娜

许多人说，冬天洗热水澡是件幸福的事。道理我都明白，但大冬天里从计划一次淋浴到成行，我思想上总要经历一番磨难，心里大喊一声："走！"垂头冲向卫生间，进行一场象征洁净与美德的密室独角戏。我的挣扎当然可以解释为懒，但未免有点糙。我想这种抗拒还是来源于记忆深处——洗澡作为我童年日常生活里的一件宏大工程，事到如今也没办法轻拿轻放。

我小时候特讨厌洗澡，那是家里还没条件洗淋浴的日子，出门洗澡是个很烦琐的事儿，轻衣单鞋的夏天出门还不太踌躇，到了苦寒的三九天，我总是还没动身去澡堂就开始耿耿于怀。我那时候很希望自己是抹香鲸，一天到晚活在水里，要多香有多香。

90年代初，即便是热爱洗浴文化的东北，建得像帕特农神庙似的洗浴中心还是稀罕。没几个人知道土耳其火石浴，在洗浴中心的休闲大厅里看电影吃寿司也是天方夜谭。当时的沈阳，这条街上的澡堂子和那条街上的澡堂子长得都一样，长方块的灰房子，穿军大衣的苦相看门人。装修完全谈不上，唯一的功能就是允许一个人交钱把自己洗干净。

冬天的澡堂在我童年的记忆里是最寒冷的地方，因为洗澡不是主题，等待才是。在门口的缴费小窗买好澡票后，人们总要先在没暖气的更衣室里坐等里面的人洗完腾地方。更衣室门口虽然有双层保温门帘，但常年不换，第一层的军绿棉帘早已变成反光的海带，第二层的透明塑料帘也软塌得像火锅里煮坨了的宽粉，勉强起到一个朦胧滤镜的作用，当然不小心抽到脸上还是疼。母亲不让我在风口坐着，我就坐到更衣柜拐角最挡风的木板凳上，缩着脖子，隔着塑料帘茫然望向雾气奔腾的浴室深处。等多久，不好说，那种没着没落的时间玄机专治没耐心的人。那时候，我真觉得刚洗完澡的女人是天下最让人羡慕的女人。她们浑身芬芳，心满意足，头发一丝儿丝儿地冒热气，踩着凳子穿秋裤的姿势比童话里的公主还嘚瑟。而且她们马上就能出门了，去吃热乎乎的麻辣烫或者香喷喷的熏鸡架。她们的生活比我的生活要先快乐半个小时。

等终于进入热气腾腾的澡堂，我也不敢轻易放松。"先来后到"虽是约定俗成的规矩，但总有心急而彪悍的澡客不喜欢约定也不在乎俗成。她们会趁别人冲澡时身体斜出去几厘米的空当或者弯腰找浴液的工夫，以卓绝的速度和精准的走位抢占莲蓬头，随即从容地哼起小曲，搓胳肢窝，往四面八方甩香波沫子，不小心呛水后会又起腰吐唾沫，一看就知道是澡堂扛把子。可能是我去的澡堂里扛把子比较多，狭路相逢的场面时不时就会出现。在湿滑流水的地面上干仗是一门艺术，看起来不比《卧虎藏龙》的打戏差多少。我记得有一次看见两个五十多岁的阿姨在一个水流丰足的莲蓬头下撕巴起来。因为都光不哧溜，又都是短发，浑身没抓手，她们便直接上脚踹，拼的纯粹是内功。周围的澡客们虽然对这种戏剧风味喜闻乐见，但毕竟守住自己的位置更重要，便默契地腾出一小圈地方，方便她俩尽情互踹。一直到其中个头稍矮的阿姨大声宣布自己被踢骨折了，旁人才上去把她俩拉开。两位阿姨隔着七八个莲蓬头又互骂了几句，观众都失去了兴趣，这事就算翻篇了。

我记得自己当时没什么感想，但到底放松下来了，一边继续用护发素揉头发，一边静静地盯着薄荷绿的旧墙砖出神。

我喜欢看地上四处流浪的头发团，盘旋上升到天棚的半透明灰雾，墙壁下林立的充满脂肪团的大腿。那些鲁本斯风格的女人身体谈不上好看，也谈不上难看，对于那种朴素坦荡的生命力，我小时候根本没有形容词。澡堂最里面有一个砌高的长方形泡澡池，池水轻微带绿，总有个把白腻的胳膊在水面浮着。胳膊轻微动一动，水就溢出来一片，泼到滑腻的地砖上，发出浪头拍打海面的声音，有那么一点儿恶心，也有那么一点儿诗意。莲蓬头下强劲的水流好像有自己的嗓音，总在我冲头发时咕咕嘟嘟地说话——"外面的冬天多烦人，跟你都没关系。"进澡堂之前的种种不乐意都被冲刷干净了，我像穿上了水做的黄金圣衣。直到想起出去后要在寒气里穿上七八层衣服，我才又一次忧郁起来。有时候，我为了拖延时间会故意磨叽，把蜂花护发素打上两遍。

有一次，也是唯一一次，我在澡堂子里遇见了熟人，是我小学的同班同学和她的母亲。她们刚进来，哆哆嗦嗦地护着身体四处寻觅空莲蓬头。在澡堂子里身上还干着的人，表情总有点儿自卑。她母亲看到我和同学对视的表情，一定是认识，就匆匆拽着她走过来，脚踩进水流的边界，算是做了预约，眼神瞬间恢复了尊严。我很窘，同学看起来也很窘，但我俩还是学着两个大人的样子，硬着头皮在莲蓬头下唠了会儿嗑。

"你作业写完了？"

"语文写完了，数学还没写。"

"我也是。咋整？真不想写。"

"明早借别人的看看。"

"就怕老李看见。"

"早点去。"

"嗯，那我走了，你好好洗。"

"行。"

周一早上我俩见面时，又都有点尴尬，但说话时胳膊甩来甩去的动作里到底透露出一份秘密的亲切。第一堂课下课后，同桌用格尺敲我的脑袋。"你白了。又洗澡了？"我毫不扭捏地点点头。后座的女生听见了，薅住我的衣领研究我后脖子的肤色，撇嘴说："我昨天也洗了，你们都没看出来我也白了？"我连忙说，看她脸蛋子好像是有点白了。同桌说没看出来。"我后天还去洗，你等着！"后座急了。其实我也没看出来她变白了，但我还是坚持说她白了，那场面多少有点像《皇帝的新衣》。我再去看同桌，他脸色铁青地给手里的橡皮分尸，嘴里叽叽咕咕。后座似乎突然明白过来什么，一脚踢到我同桌的凳子腿上。"你上次洗澡是啥时候？你就没白过，还腆脸说别人？"

两个人眼看着就要打起来了。我趴在桌边给他俩腾地方，闻着自己头发里的香气，差点睡着了。

（《作家文摘》2019 年总第 2296 期，摘自 2019 年 12 月 10 日《文汇报》）

一个人的车站

范小青

　　经常一个人坐火车。有时候是出差，更多的时候是回家。因为回家，所以所有有关赶车坐车的焦虑、疲惫、倒腾、麻烦、不确定、不安定等，都无所谓啦！

　　我是个很怕迟到的人，开会的时候，每次都提前到会场，有时早到工作人员连席卡都没放好呢！他们朝着我笑，我很难为情。可下次会适度一点吗？不会的，又早了，脾性就是这样的。如果真的早到不好意思的话，就说："哎呀，怕堵车呀，提前出来了，结果它又不堵了。"

　　至于赶车，那更是要超量提前了。且不说性格如何如何，人到了这年岁，可不敢把自己赶得像条被追打的狗一样吐着舌头喘气。我有位同事，每次出差都最后一个出门，最后一个赶到车站，掐着最后的检票时间进站，还从来没有误过车，真是大将风度，淡定一哥。学不来的。

　　于是，我就可能会比别人有更多的时间待在车站。

　　于是，就有了一个人的车站。

车站可不是只有一个人，车站的人太多了，每逢高峰，比如节假日，比如民工回乡或返城，或者学生放假或开学，人会多到候车大厅里连站的地方也没有。

我就在许许多多的人中间，感受着独自一人的感受。

我坐着，或站着，脚边搁着简单的行装，看或不看眼前来来往往的人群，因为我知道在我身边，几乎人手一机，不是手提就是平板，没有平板，也一定有手机，前几年还可见 MP3，这两年连 MP5 都已绝迹。

欣赏影视剧，听音乐，刷微博发微信，玩游戏打扑克，也有的抓紧时间在办公，有的发邮件，总之不亦乐乎。

我知道他们在享受着。

我也享受着。

不过，我的享受不是来自电子产品，我一般不带电脑，也没有平板，手机是有的，但基本只用来打电话和发短信，最多就是查一查火车时刻，或者查一查下一次出差的线路以便确定下一次回家的时间。我其实并不是在看周围的人，此时此刻，我应该是目中无人的，我的享受来自于什么也不看、什么也不做、什么也不听、什么也不想，我在我自己的内心享受着自己的内心，相比身边的人，此时此刻的我，享受的是虚无、空白、空洞，享受两眼茫然。就这样。

一个人的车站，还有许多事情可说的。比如吃饭。我喜欢在车站吃饭，如果时间允许，我才不会吃过饭再去车站，我会提前出发，留出在车站吃饭的时间，我到永和去点一份套餐，偶尔也会开一次洋荤，吃个汉堡，或者二两白菜猪肉馅大娘水饺，哪天方便面的馋虫爬出来了，我也会到水炉子上泡一碗面，过个瘾。方便面其实很好吃，只是平时被大家说得不敢多吃，在车站吃方便面，天经地义地哄哄自己。

开水炉的水很烫，一冲下去，香味就腾起来了，腾起来的可不仅是香味，那也是一种幸福的感觉。

有一个很大的话题叫作"你幸福吗？"。我也想过这个题目，觉得幸福可能更是一瞬间、片刻间或某一时段，因为它是一种感觉，感觉这东西，那可靠不太住，也坚持不了多久，它可是随来随走的。

在我住处的大门外一侧，有一扇绿色的小门，门非常窄，这是一个火车票代售点，每每走向这里，或经过这里，心里总是倍感温馨温暖，因为在漫长的日子里，那个小门不断地传递出一张又一张让我回家的车票。

幸福其实就是这么简单。

也有的时候，不知为什么忽然就心烦意乱，忽然就情绪不佳，这时候恰好要去参加一个枯燥冗长的会议。进入会场，悄悄地找到自己的位子坐下，忽然间的，心情一下子好起来了，心生欢喜，心生宁静，一切烦恼皆已出窍飘走。感觉就是这样，说来就来，说走就走。

有一个人的车站，就有一个人的会场，一个人的闹市，一个人的世界。

你站在桥上看风景，看风景的人在楼上看你。

当我进入一个人的车站时，一定有一个人在某个地方看着我。

（《作家文摘》2019年总第2282期，摘自《一个人的车站》，范小青著，南京大学出版社2017年6月出版）

辑五
爱情如何对抗时间

有时候，我也会往内心深处探索，

在遥远的当年，在人生的棋盘还没有被固定下来时，

你住在我内心的哪一个角落里？

以爱之名

钱红莉

　　去年，在小区门口少年宫，孩子看见他的同学，老远指给我看："妈妈，她叫王××，是我同学。"我说："你去跟她打个招呼啊，不要每次都等别人主动喊你。"他一直内向，每次在外碰见同学，都不能主动问候……这次，他依旧如故。过后，他突然对我倾吐："我很喜欢她，但我们一直没有说过话。"

　　我绝对不会怂恿他去向她表白，把一句话留在心里，不要启齿。孩子也有尊严。无论我们在怎样的年岁，如若喜欢一个人，不要说出来，默默去做，便好——如果她可以感应得到，自会回应；若感应不到，就当什么也没发生过。所谓爱，不就是呼唤的与被呼唤的可以相互应答吗?

　　昨天，我又问他："还喜欢她吗? "他依然点点头。

　　看着眼前这个一米四二的清瘦的男孩，正经历着生命里初次的困苦，一个妈妈真是爱莫能助。小小年纪便懂得知足——"我默默喜欢她就行了"。悲剧性人格，自尊，深刻，内敛，有格局。

　　在西南联大任教期间，夏济安爱上一个女学生，那时他三十岁的样子，却有着一个朴厚长者的庄重之心，也有着清教徒般的自律与肃穆。他在日记里写：

> 今天做作文，她伏案捷书的时候，我细细地端详了一下，觉得她的鼻子和面部轮廓，真是美得无可比拟，肤色亦是特别娇嫩……她的座位是在阳光下，我有时站的地位，把阳光遮住，我的头发的影子，恰巧和她的脸庞接触，她不知觉得不觉得？

对于一个女孩的思念日甚一日：

> 温暖有空就想 R·E……但我有足够的幽默感，无论怎样的痛苦都能忍受的。

痛苦过后，他特别自尊，清醒：

> ……已经是师生关系，不能随便请人做"朋友"，而且世界上没有勉强人家做朋友之事。强迫人家做"爱人"，更是没有理由，因为人家，未必爱你。

不便启齿，是因为考虑"人家，未必爱你"。这样，痛苦更深了：

> 若是今天起就此不看见她，事情还好办；可是还得上七个礼拜课，我至少还得看见她好几次，这样忍心地对付自己的热情，只有上帝给我力量，我才受得了。

单恋 R·E 同学以后，夏济安去到台湾，又经历了两次暗恋，同样炽热、敏感、笨拙，一样心灰意懒的结局。他在四十九岁时，因脑溢血猝然离世。

一次一次漫漶的爱，竟成了一个人生命中难以逾越的障碍。

日记公开发表以后，第三个被暗恋的女同学写了一篇《追念济安老师》，一并收在这本日记后面。这篇追忆，行文雍容大方，却也是"无情文字"……

以夏济安的敏感、自尊，倘若活着，这样的局面，他也是不愿意面对不愿意承受的吧。这世上，呼应的，与被呼应的，大多不能相互应答。

三年前的清明前夕，我带父母回了一趟老家。夜里，居小姨家。小姨家在中学的宿舍里，那所中学曾是我的母校。

夜里，漆黑一片，我们开车辨不清方向，苦寻几番，才找到那条通往小姨家的路。清晨起得早，站在小姨家阳台上，那么多的八哥于丛林间起起落落。我往更远处眺望，想找到自己当年走过的小路……

有了一条新路修在山巅，那条旧路慢慢废弃，再无人印车辙，早已绝迹。我望着望着，慢慢便释怀了。

多年以前，有一个少女，她像夏济安那样在心里默默喜欢一个人。

自东面通往学校的，有两条分岔小路，一条铺在山脚下，一条伸展于山巅。无数个放学的黄昏，我一个人走在路上，背后是夕暮橘红的光，一直照到我的心里，可是，我的内心无比痛苦……一年四季，春夏秋冬，我走在这条路上，常常情难自禁，抬头望望山巅的那条小路，黄昏放学时分，都可以看见他的身影，瘦瘦弱弱的少年。

如今，那条曲折的路纵然不在了，却至今被我牢记。为什么如此深刻？因为那条小路承载过我反反复复的痛苦。

痛苦令生命有益，它可以分出许多路来，让我们一条一条地去走，渐渐变得开阔，及至有了纵深——生命就是这样的有了高度与厚度。

我非常欣赏我的孩子，他说："我默默喜欢她就可以了。"他下课时默默走到她位置后面站几秒钟，而他的妈妈，总在夕暮的余晖里抬头看看山巅那条小路上，可有他的背影……

（《作家文摘》2019 年总第 2285 期，摘自《天津文学》2018 年第 5 期）

婚姻如瓷器

杨　澜

爱情就是两个蠢东西相互追来追去

太不公平了！结婚二十年是"瓷婚"，二十五年是"银婚"，只相差五年，怎么人家就从泥土上升为贵金属啦？二十年，七千三百多个日日夜夜，总该比"瓷"结实一点儿吧。

在这个节奏快、选择多、压力大的时代，结婚二十年，也算是小有成就了。

婚姻是人类发明的一种社会制度，合理，但不完美。奥斯卡·王尔德曾经说过："人生就是一件蠢事接着另一件蠢事而来，而爱情就是两个蠢东西相互追来追去。"相互追来追去二十年，你说得多累啊！古希腊哲人苏格拉底说过："不管怎么样，还是结婚好。如果你找到一个好太太，你会很幸福；如果你找到一个坏的，你会成为哲学家。"——这就是他成为哲学家的原因。前纽约市长朱利安尼在"9·11"事件后说："我不怕恐怖分子，我已经结婚两年了。"——婚姻让你无所畏惧。

可见，还是结婚的好。即使是以毒舌见长的美国作家马克·吐温，也说过这样温情脉脉的话："爱情是奔跑速度最快的，却又是生长最慢的。在你纪念结婚二十年之前，你很难明白一段好感情究竟意味着什么。"

爱情的奔跑速度的确不慢。我跟他认识不到一年就结婚了，算是闪婚吗？不过对于成年男女，各自有过一些情感经历，对于自己在感情上的需求逐渐确定下来，判断是否遇到了"对"的人，并不需要太多的时间。

二十年前的一天，他租了一艘小帆船，带我出海。那天，天气有些阴沉，海风有些凉意，海浪起起伏伏，但是这毫不影响我们的兴致。他对我说："我一直独自闯荡，今后我要和你一起去看世界！"就在那一刻，我怦然心动。

而他似乎也对我的感受很有把握。不久之后的一天，我去机场接他，一上出租车，他就掏出一枚戒指套在我的无名指上（居然正合适！），说："嫁给我吧！"（用的是祈使句而不是问句）就这么简单，以至于我后来常常抱怨：根本就没有"求婚"的桥段嘛！

一生中起码有过两百次"我要离婚"的念头

爱情就是这样一路狂奔，无所顾忌。整个世界都无关紧要，只要我们能在一起。神奇的是，所有的迹象似乎都在暗示我们应该在一起：喜欢同样的书，爱吃同样的食物，不约而同说出同一句话，甚至从星座到紫微斗数，都显示我们注定要在一起。

而婚姻教给我们最重要的一课，却是：没有人是"注定"在一起的。

在一起，是自由选择的结果，是不断选择的结果。如果幸运的话，你会一次又一次坠入爱河，不过，是与同一个人。

据说，即使是人们眼中最完美的夫妻，一生中也起码有过两百次"我要离婚"的念头。当荷尔蒙制造的激情慢慢退去，油盐酱醋茶的琐碎慢慢磨蚀浪漫，照料孩子的吃喝拉撒让你睡眠不足，还有工作的高压和旅行的分离；当你期待对方懂你的时候不自觉地提高了嗓门，为了不同的意见争吵得面红耳赤，或是说了不该说的话？

在感情处于低谷时，帮助我们的，不是什么"注定在一起"的臆想，而恰恰是：我们本是独立自由的个体，如果不是因为相爱，就不会也不必在一起。

我们真的一起去看世界了，足迹遍布四十多个国家。即使是带着老的小的一大家子人，我们也会营造属于两个人的特殊时刻。在南太平洋的白沙滩上漫步，在圣彼得堡的涅瓦河边喝着咖啡度过白夜，在印度泰姬陵的水池边欣赏白色宫殿的倒影——不同的风景点亮我的眼神，我也用这眼神发现熟悉又新鲜的他。

钱锺书曾经说过："如果你爱一个人，那就和她去旅行，如果旅行后你们仍然相爱，那就结婚吧。"

旅行最能考验一个人的品性和两个人的配合程度，旅行中的小小冒险也给二人世界带来难忘的记忆。有一次我们去南非旅行，他预订了一个帐篷旅馆，就驻扎在自然保护区的河岸上。夜晚来临，鳄鱼拍打着河水，河马的咆哮就在耳边，大象窸窸窣窣地吃着帐篷外的树叶，与我们只隔着一层帆布。我们关掉灯，屏住呼吸，等待它们踏着沉重的脚步走远。第二天清晨我们吃过早饭返回帐篷时，一只大个头的野猪与我们狭路相逢，它晃动着两只獠牙，打量着我们。吴征一把抓住我，把我挡在他的身后，嘱咐我："不要慌，慢慢后退。"我们给野猪让开一条道，那家伙看我们既无恶意，也不慌张，似乎也定下心来。对峙了一会儿，就大摇大摆地走开了。这段遭遇让我们兴奋了好几天。最浪漫的事？那就是周游世界后回到家里，泡一杯热茶，摆一盘瓜子，舒舒服服地一起看碟。金窝银窝，还是自家的小窝好哇。

不怕暴露自己的恐惧、脆弱和挣扎

婚姻当然不只是游山玩水，卿卿我我。情人节的玫瑰和纪念日的礼物都曾带来美好的回忆，而比这些更长久的是共同的成长。有一种观点我很认同，那就是"最好的关系是让双方都有机会成为更好的自己"。

婚姻中的两个人的关系是多重的：恋人、朋友、亲人，有时甚至还会有父亲和母亲的角色。无论我们给这个世界一张多么坚强的面孔，在家里，我们可以放松下来，不怕暴露自己的恐惧、脆弱和挣扎。我们能够给予彼此的也是多重的（比恋爱时的关系丰富得多）：爱、理解、尊重、欣赏、同情、陪伴，还有义气。

一次很刺激的旅行发生在 2001 年 "9·11" 事件之后不久，吴征作为那一年国际艾美奖颁奖晚会的联席主席，计划赴纽约参加典礼。我劝他不要去了，恐怖袭击还有可能发生，万一发生危险怎么办。但吴征坚持要去，一来为了表达对纽约人的道义支持；二来这也是华人媒体第一次在国际电视舞台上以这样的身份出现，广受关注，不能让别人小看我们的胆色。"那我陪你去。"我见他态度坚决，就这样决定。那一次旅行前我们写好了遗嘱，飞机起飞时我们紧紧握着对方的手，闭上眼睛轻轻地祈祷。

二十年，让我们建立起一个有形的家，包括一对可爱的子女和事业；也让我们织就了一条无形的纽带，那是共同创造的记忆。我更理解了马克·吐温的那句话，爱情快速奔跑，婚姻慢慢生长。这生长缓慢而扎实，就如两棵树，有独立的树干，又将根与枝重重叠叠交织在一起。

在结婚二十年家庭派对上，老朋友成方圆见证了我们从相爱到结婚的全过程，在派对上她抱起吉他，为我们演唱了一曲根据叶芝的诗改编的歌《当你老了》："当你老了，头发白了，睡意昏沉，当你老了，走不动了……"我抗议说："我们才四十多岁，你就唱《当你老了》，等我们真的老了，你唱什么？"圆子来了个脑筋急转弯："那时就唱《当我们年轻的时候》。"

众人大笑。我回头去看吴征，他已微醺，憨憨地笑着。从他的眼神里，我依然可以找到当年爱上他的理由。于是我想，瓷婚就瓷婚吧，它提醒我们，婚姻就如瓷器，无论时间多长，都要轻拿轻放。

（《作家文摘》2016 年总第 1913 期，摘自《世界很大，幸好有你》，杨澜著，江苏凤凰文艺出版社 2016 年 1 月出版）

错过是人生常态

闫　红

她只是"精神上的妻子"，他却是"候鸟式的爱人"。胡适和他的美国女友韦莲司这段感情的错位在于，当她发现爱上他时，才发现自己已经失去了他。

《乱世佳人》里的郝思嘉，一直以为自己爱的是卫希礼，不管白瑞德怎样给她洗脑，她始终置若罔闻。直到白瑞德要离去，她才如梦初醒地说：我不知道，我一直在爱着你。

在郝思嘉，这多少还算是一种有趣的错位，那时你明明在我心里，我却以为我在爱着别人。胡适的第一个美国女友韦莲司就没有她这么幸运，在她可以爱时，她不知道那个人已经在，等到她终于察觉，他已经转身，在千山万水之外。

胡适与韦莲司，相识于1914年夏天，这是胡适来到美国绮色佳小镇求学的第四个年头，之前，他作为受欢迎的中国留学生无数次出入于韦莲司家中，那时她在纽约学习现代艺术。与非常主流的胡适不同，韦莲司不习惯过约定俗成的生活，没有受过完整的教育，常年漫游于美国、意大利、英国还有古巴等。她是属于来自徽州乡村的中国书生经验之外的那类人。

1914年10月，胡适的日记里正式出现了她的名字，胡适和偶回绮色佳的她沿湖散了一次步，这让胡适的兴奋久久不能止息。并非是韦莲司小姐如何美貌，恰恰相反，她以不修边幅著称，但她身上有另外一些东西让胡适惊艳。胡适在日记里这样写道：

> 其人极能思想，读书甚多，高洁几近狂狷，虽生富家而不事服饰；一日自剪其发，仅留三寸许，其母与姊腹诽之而无可如何也。

胡适由不得地恭维道："曾经约翰·弥尔说，如今很少有敢为狂狷之行者，这真是这个时代的隐患啊，狂乃美德，不是毛病。"韦莲司却不买账，说："如果是故作狂态，其狂也不足取。"她的回答，似乎是美式的直接理性，但又有《世说新语》般的智慧，让二十三岁的留美学生胡适，只有点头称道的份。

胡兰成说，张爱玲给他开了天眼，对于胡适，韦莲司也正是这样一个人。他抱守的很多东西，被她轻易地打破，不破不立，从缺口中突围，发现外面别有洞天。胡适在给母亲的信里，将韦莲司称为"舵手"，他心里渐渐生出不一样的温柔。

韦莲司带领着胡适真正融入西方社会中去，正因为韦莲司的影响，胡适才有更为开化的思想。

他为她填词，描述相处时的旖旎：

　　我替君拾萏，君替我簪花。

　　更向水滨同坐，骄阳更有树相遮。

　　语深混不管昏鸦，此时君与我，何处更容他？

　　胡适故意给这首词加了个跋，说是"偶作绮语，游戏而已"，更显得欲盖弥彰，二十年后，他才告诉韦莲司，他为了瞒天过海，很下了一番功夫。

　　他这技巧，不但瞒过了世人，甚至瞒过了韦莲司本人。韦莲司一直以为，她和胡适之间，是一种伟大友谊。后来，知道胡适的对象江冬秀既不能读也不能写时，韦莲司安慰他说："说不定这种在智性上南辕北辙、无法沟通的关系，反而还可以让一个可能会很棘手的问题婚姻关系简单化呢！"1917 年，胡适要回国结婚时，她也没有提出反对。

　　开始明白自己的心，是从胡适离开美国开始，当胡适一封封地给她写信，汇报一路见闻，以及关于他婚礼的种种，却不知那字字句句，让韦莲司心如刀绞，他们的错位在于，当她发现自己爱上他时，才同时发现自己真的失去了他。

　　之后便是漫长的感知失去的过程，他们两三年通一次信，胡适明显不如韦莲司热情，汹涌而来的生活已经将他淹没，他经过了上升期又来到倦怠期，不再是当年的那个人。1927 年，胡适借赴美公干，重返绮色佳，与韦莲司相见。

　　一别十年，那爱意瞬间回黄转绿回到起点，尽管他已经结婚，有了三个孩子，而她，退回家庭，衰老、寂寞，甚至还有一点点自卑，但那感情犹如被风抚平的沙滩，恢复到了原状。在胡适离开之后，韦莲司犹不能平静，在给他的长信里，她写下自己内心的挣扎，以及突围的过程，最后她说，她在内心为他们举办了婚礼，作为一个精神上的妻子，她在想可以为他做些什么。

那封信写得漫长而缠绵，胡适那边却没有回应。他是一个候鸟式的爱人，他的爱情有季节性，但韦莲司显然没有意识到这一点，在以后的十余年里，随着胡适的来来去去，她经历了许多个情动、受伤、复原再受伤的循环。这情形持续到1938年胡适出任驻美大使，一个名叫曼哈顿的护士出现在他的生活里，她对韦莲司不无敌意，胡适则放任她在某些生活细节上，刻意与韦莲司叫板。

对于痴恋了胡适一生的韦莲司，这是一个打击，在她可以爱的时候，她懵懂无觉，当她发现并沦陷于那感情时，他离开得竟是如此彻底。但韦莲司的伟大之处在于，她并不像一般的小女子那样，充满怨艾，当她意识到他们之间已然错过，她决然将自己放到他的一个老朋友的位置。

她请胡适和他的妻子江冬秀到家中小住，为他的学术研究倾己所有。她放弃所有的希望——谁说无望就是一个绝望的词呢？《诗经》里那首《宛丘》这样写道："子之汤兮，宛丘之上兮。洵有情兮，而无望兮。"

即使在后来的日记中，胡适也忍不住对韦莲司赞赏有加："女士见地之高，实非寻常女子可望其项背。"

你的舞姿风流跌宕，在那宛丘之上。我对你岂能没有情意，但没有任何指望。

"无望"，也可以是一种主动的选择，我放弃所有的指望，只作为观众，观看你的舞蹈，无冬无夏，宛丘之下。这样的距离，刚刚好。

　　而《围城》里的苏文纨，就没有韦莲司的这份清明。当赵辛楣痴爱她时，她漫不经心，莫名其妙地嫁给了一个"四喜丸子脸"的伪诗人，许多年之后，她意识到自己可能会失去赵辛楣时，又像八爪鱼一样试图抓住他。赵辛楣对方鸿渐说："文纨对我比过去好。"简单的一句话，说尽了苏文纨的贪婪。

　　世事芜杂，错过是人生常态，爱恋不能增加拥有的合理性，执迷于当年的爱，更如刻舟求剑。虽然，有时候，我也会往内心深处探索，在遥远的当年，在人生的棋盘还没有被固定下来时，你住在我内心的哪一个角落里？片刻怔忡，一时落寞，随后铺展到眼前的，仍然是这一大片继续面对的现实。这也许正是生活的别具风情之处，如此，也甚好。

　　（《作家文摘》2016年总第1908期，摘自《新周刊》2016年第3期）

爱情如何对抗时间

冯　唐

我一直被时间困扰。

我越观察天地间的变化轮回，越对时间充满困惑。比如，人的生死。生的时候，闭眼、皱眉、蜷缩，毛发稀疏，不能行走，仿佛一个皮肤细嫩的老人；死的时候，闭眼、皱眉、蜷缩，毛发稀疏，不能行走，仿佛一个皮肤粗糙的婴儿。比如，天的四季。春生、夏长、秋收、冬藏，然后循环，似乎一切照旧，但是似乎一切又都不同了。

作为码字的人，我有码字人的骄傲，我认为好的文字能流传久远，超越现世的荣辱毁誉，在某种程度上战胜时间。

我刚开始写作的时候年少轻狂，我立志：文字打败时间。四十岁出头，出版了六部长篇小说之后，我发现，这个志向需要修正。

首先，文字打败不了时间。汉字就是三千多年的历史，再过一些年，地球是否存在、人类是否存在都要打问号。再过一些年，或许宇宙这盆火也会最终熄灭，世界彻底安静下来，时间也瘫倒在空间里，仿佛一只死狗瘫倒在地板上。其次，字斟句酌，每部长篇小说都即将不朽，容易拧巴，有违天然，不如稍稍放松，只要在金线之上，让文字信马由缰，花开，花落。

作为一个写情色小说的前妇科大夫，我一直想知道，爱情到底是什么？从外生殖器看到内生殖器，从激素、体液学到神经，我一直试图明白爱情的生理基础。

爱情大概始于一些极其美妙的刹那。在刹那间，觉得她那双眼睛可以吸尽一切光亮，觉得她拢在耳边的头发一根根晶莹透明，觉得自己的手不由自主一定要伸向另外一个肉身，觉得自己的肉身一定要扑倒另外一个肉身，然后，就不管然后了。在刹那间，希望时间停止，甚至无疾而终，在刹那间，就此死去。

那是一些激素繁盛的一刹那：肾上腺素、多巴胺、强啡肽，如烟花、泡沫、闪电，刹那间绽放，刹那间凋亡。

幸或者不幸的是，人想死的时候很难死掉，梦幻泡影、闪电烟花之后，生活继续。爱情如何对抗那些璀璨一刹那之外的漫长时间？

一男一女，两个不同背景的普通人，能心平气和地长久相处，是人世间最大的奇迹。似乎悖论的是，如果想创造这种奇迹，让爱情能长久地对抗时间，第一要素还是要有那些爱情初始时候的浓烈的、璀璨的一刹那。

一刹那之后，哪怕这些一刹那都成了灰烬、成了记忆，还是爱情死灰复燃的最好基础。你曾经觉得她美若天仙，几年甚至多年以后，尽管你已经习以为常，偶尔，她洗完脸的一刹那，你还是觉得屋里似乎亮了很多；她的头发迎了天光的一刹那，你还是觉得仿佛珠玉璎珞；她转过身的一刹那，你的肉身还是想去扑倒。

在最初的爱情过后，一些非自然、非生理的因素似乎开始起越来越重要的作用，比如"三观"，比如美感，比如生活习惯。你爱古树，她爱跑车；你爱雍正，她爱乾隆；你爱开窗，她爱空调。这样的爱情，似乎很难对抗时间。

（《作家文摘》2018年总第2196期，摘自2018年5月13日《人民日报·海外版》）

不要当作家的女人

陈希我

那一年我结婚，第二天就钻进书房写作了，完全没有意识到，就在我书房外还有一个活人，我的新婚妻子——作家是活在自己世界里的人。

岛崎藤村当初就是这样，写《破戒》，举家饥饿，三个孩子相继夭折，妻子冬子也因为营养不良患上了夜盲症。后来冬子在生第四个孩子时大出血死了。

坂口安吾的妻子三千代回忆丈夫，动辄离家消失，或是因为生气，或是写完稿子跑出去喝酒，把家里钱全掏走。

太宰治也是不负责任的人，他的妻子美知子为他生育，他同时还跟太田静子生了孩子，并且最后跟另一个叫山崎富荣的女人"情死"。还有弗朗索瓦·德·蒙戈比埃，法国15世纪诗人，也是放荡人。奈保尔妻子帕特至死都像母亲一样照料他，但他另有情人玛格丽特。

岛崎藤村在冬子死后，和前来照顾他孩子的侄女驹子好上了，闹得满城风雨，他一拔腿跑法国去了，将有孕在身的驹子撂下。更要命的是，他回来后还根据此事写了《新生》。他在告白中获得了新生，却把驹子陷入万劫不复的境地。驹子后来说：

> 这部作品也许是把我和叔父的交往原封不动地艺术化的绝
> 品，成为他的代表作，因此声名大噪。原本是人生中的一大过
> 错可以变成一大收获得以偿还，然而对我这样无才无德的平庸
> 女子而言，就像是一张令人难以忍受的照片般被强行拽到公众
> 面前，等于断绝了我作为一个平凡女子的人生之路。

糟糕的是作家很真诚，也需要真诚。奈保尔如此，坂口安吾也
如此。坂口安吾向妻子坦承自己在外面养了小老婆，让妻子去见。
妻子不肯见，躲进洗手间，他就点火，要用烟把妻子熏出来，差点
酿成火灾。

阿波利纳里娅是文学女青年，崇拜陀思妥耶夫斯基，以身相许。
但她很快受不了陀氏的永无休止的折腾，离开了。安娜倒是无条件
满足丈夫，她既是陀氏写作上的得力助手，又是陀氏生活中的温顺
妻子，乃至宽容的母亲。列夫·托尔斯泰曾对人说：如果每个俄国作
家都能娶到安娜这样的妻子，他们的名声会比他们现在所获得的更
响亮。托尔斯泰这么说时，一定不满自己妻子索菲娅。但平心而论，
索菲娅并没有什么错，只不过她不如安娜那么无条件纵容丈夫。

作家往往一脑子理想主义，包括不切实际、不合时宜，也包括
唯美。谷崎润一郎就很唯美。他说：

> 艺术家是不断梦见自己憧憬的、比自己高高在上的女性的，可
> 是大多女性一当了老婆，就剥下金箔，变成比丈夫差的凡庸女人。

这是他评价自己前两次婚姻里的女人的。但这并不影响他又把松子变成妻子。为了不让松子剥下金箔，松子怀孕了，他说：

> 一想到她成了我孩子的母亲，就觉得她周围摇曳的诗和梦就消失殆尽，那样的话，也许像以往一样，艺术之家崩溃，我的创作热情衰退，什么也写不出来。

于是，松子堕胎了。

谷崎润一郎早年有一篇小说叫《刺青》，写刺青师清吉强迫一个女孩子文身。文前，他给女孩子看两幅画，其中一幅叫《肥料》的，是一个女子倚靠着樱树，脚踩着累累男人骸骨。清吉告诉女孩："这幅画象征你的未来"，"那些倒在地上的男人，就是那些将要为你丧生的人。"果然，清吉在女孩背上完成他的卓越作品后，就拜倒在女孩脚下，成了她的"肥料"。表面上看，这是一种男性对女性的臣拜。但别忘了，在这个男权社会，主动权仍然掌握在男人手上。三岛由纪夫说，谷崎喜欢的只是他愿意塑造的"谷崎的女人"。那么，恰恰相反，女人是谷崎的肥料。这肥料滋养了谷崎的作品，当然还有别的作家。在谷崎第一次婚姻时，他和小姨子跑到外面同居。为了安顿好妻子千代，他怂恿作家佐藤春夫跟自己妻子发展私情。但当他被小姨子抛弃后，又回头向佐藤讨要千代。这导致佐藤春夫十分受伤，写出了《秋刀鱼之歌》等脍炙人口的作品。但有人顾及千代是最大的受害者吗？与文学成果相比，她只是肥料。

作家也会被女人所伤。但于作家，这更是写作的催化剂。被爱人背叛后，缪塞写出巴尔扎克都叹为观止的小说《一个世纪儿的忏悔》。

常有人问我："你妻子看你的作品吗？"庆幸的是，她不看。但我又要写作，所以我只能处在极度分裂之中——文字与生活分裂，"写恶文、做好人"。但归根结底是内心与外表的分裂，保不准哪天也会再不能忍受。

（《作家文摘》2019年总第2255期，摘自《中国新闻周刊》2019年第25期）

喜欢的人

赵　瑜

　　身边的人都知道我有了喜欢的女生，看她常戴着一顶黄色的毛线帽子，就说我喜欢上了一个黄色小帽子，简称黄小帽。

　　她给我的第一印象是，她不是一个陌生的女孩，我们两个仿佛有很多话说。

　　我们时常坐在一起说话，讨论老师的声音、同学的性格，以及餐厅里某个窗口的勺子要大一些。我会给她看我新写的诗句，她呢，恰到好处地表达喜欢，甚至还认真地抄在她的笔记本里，以让我放心。是的，她的喜欢是确切的，可以被证实的。

　　我那时深信她是喜欢我的。有一次，我往她的书里夹了一封情书，只写了"一封情书"四个字。我当时想，我略去的内容，她大概应该猜得到。

　　哪知，她给我的回答是：书打开看了，从未发现有小字条。

　　此时已是夏天，她的帽子早已在春天的时候被几声鸟叫掠走。因为她名字里有两个"木"，所以又被我的同伴称为"两棵树"。我还专门为她的新名字写了一首诗，有这样的句子："两棵树很美丽，我想，我必须是一只鸟，才能飞过树吗？"

同伴们便打趣我说，诗写得不确切，应该是"飞上树"。这些坏人。

我常常想，我和黄小帽的恋爱经历其实是一种简单的合作关系，那便是，黄小帽帮助我抄我写的稿子，我呢，就负责在稿子里偶尔向她倾诉爱慕。然而，她始终没有将她抄写的这些好词好句存到她个人的存折里，而是流水一样，流远了。

青春有时候真让人伤感，两个人相互看着，在心里相互喜欢着，却在见面的时候说着疏远又礼貌的话。多年过去了，每每想起"黄小帽"这个称谓，我都恨不能找一块橡皮，将那些虚度的时光擦去，将两个人的关系挤在一起。拥抱是多么美好啊，可是，我们连手都没有牵过。

和两棵树的关系终于亲密了一些。有一天，两棵树病了，我得知后，到宿舍去探望她。因为是假期，她们宿舍只有她一个人。我坐在她对面的床上，远远地和她说话。

宿舍里没有凳子，我在心里斗争了很久，也没有坐到她的身边。那一刻，我确切地知道，两个人说话的内容与距离关系密切，如果我坐在她眼前，说的话一定是亲昵的、隐私的；而坐在对面的床上，我说出来的话，堂皇又客套。每一句话说出来，都让我厌恶自己，让我觉得，我正一步步远离自己的本意。

暑假，我在老家的院子里看书，忽然看到她在我书上留下的字，就十分想她。那个时候的想念，执着、浓郁又专心，可没有电话，只好写信给她。

我用了一下午的时间，写了封长长的信。冒着雨，我骑车到乡邮政所，将揣在怀里的信寄出了。总觉得，那信上还有我的体温。

骑着自行车到乡邮政所的路，是我那年走过的最为甜蜜的路。信寄出去以后，我开始想象她收到信后的情形，想象她是喜悦还是不屑，我甚至天天坐在院子里发呆，想着她是不是正在给我写回信，或者写好了回信，觉得没有写好，又撕掉重写。

我没有收到回信。

终于熬到开学，我迫不及待地去找她，教室、宿舍均不见人。我耗去了全部的热情也没有找到她。这像极了一个暗喻。我在想她的时候，她并不在场。想念这种事情，最好是频率相同的，不然的话，就会成为双方的烦恼。

到了晚上，见到她，我发现我已经没有话想同她讲了。而她并不知道我前后找她多遍的热烈，她平静地问我暑假都做了什么。我狠狠地告诉她，暑假我只写了一封信。

她愣愣地，看不懂我为何如此激动，只是笑。那几天，她为新一届学生的欢迎仪式忙碌着，不再是两棵树，倒像是一只鸟儿，一会儿在树上栖息，一会儿在空中飞翔。

我的感情过于浓缩了，被一封信取走了一大半，剩下的部分，在心里慢慢结冰，终于融化成几滴悲伤的眼泪。

某个月夜，我写了一首诗，大意是表达孤独感，抄在自己的日记本里。后来，又自己抄在方格稿纸上，投寄了出去。

我喜欢的人，终于在天凉的时候，又变成了黄小帽。青春期的喜欢终不过是纸上的一场战争，一场大雨就淋湿一切，胜败模糊。

（《作家文摘》2015年总第1885期，摘自2015年9月24日《广州日报》）

一个高质量的失恋

李筱懿

  大学里，我有一个漂亮的女同学，刚进校就和新闻系一个长得很帅的男生谈起了恋爱。为了约会，她每天要花将近一个小时打扮自己，衣服穿上又换下，眉毛画直了觉得不好看，又拉平，头发扎起又放下，她把所有的精力投入了恋爱里……

  而生活的讽刺在于，当你把全部心思都投入某件事情上，并患得患失的时候，这件事通常都是失败的，所以，我热恋中的女同学七个月后就失恋了，然后，我们全宿舍都遭了殃。

  她抓着我们倾诉爱情中的细节，分析失恋的原因，说着说着就哭起来，一遍遍唱那个男生最喜欢的歌，动不动就要去他们第一次约会的地点，我们只好轮流在宿舍里看着她，生怕她想不开，最不敢告诉她的是，她的前男友很快有了新女友，而且那个男生还经常扬扬得意地说："看，那就是我的前女友，中文系系花，好看又有才华，直到现在还在为我们的分手伤心。"

  当这句话终于传到她耳朵里的时候，我还清楚地记得她当时的表情：难以置信、伤心难过、恍然大悟、羞恼气愤，好像都不是，又好像都有一点。她咬着嘴唇，把嘴唇咬得发白，然后沁出血丝，一整天没说话，并丢掉了所有和前男友有关的物品。

很多年后，我这位漂亮的女同学早已有不错的事业、爱情和生活。当我们笑着说起大学里那段失败的爱情，她说那次失恋让她明白了以下两点：

第一，女人的痴情在薄情的男人那里，只会是一种可炫耀的资本。

第二，不管你是否愿意，生活总会翻篇儿。

我也曾经诧异，为什么失恋的女人这么多，难道男人就不失恋吗？后来，我慢慢地发现，女人失恋的原因不是因为不爱，而是因为爱情在男人和女人生活中的比重完全不同，即便是再深情的男人，也只会把他们百分之五十的精力投入爱情中，因为他们的世界很宽，工作、朋友、爱好占据了另外的半壁江山，兴趣点转移得非常快。而对于大多数女人而言，她们唯一的爱好就是爱情，她们投入在恋爱中的精力和体力，往往会占她们全部精力和体力的百分之八九十，不对等的投入，注定了很多女人总是处在情感需求得不到满足的状态中。

是以，治愈失恋成为女人的必修课。可是，怎样才能在失恋中修得一个高学分呢？

写过《尼罗河惨案》《东方快车谋杀案》的侦探女王阿加莎·克里斯蒂爱上一个没有多少钱的男人，嫁给他，为他生了一个可爱的女儿，他们同甘共苦度过最艰难的日子，但是后来剧情反转，男人发迹了，他们买了大房子和漂亮的轿车，再然后，男人爱上别的女人。

阿加莎的小女儿对她说："爸爸喜欢我，他只是不喜欢你。"阿加莎伤心极了，但是，她承认女儿说得对。她花了一年的时间等待丈夫回心转意，最后希望还是落空了。

于是，她同意离婚，她说："再也没有什么可忧虑的了，剩下的就是为自己打算。"她为自己打算得很好，靠写侦探推理小说获得巨大的声誉，一生共创作六十六部长篇推理小说和二十一部中短篇小说。

在生活的良性循环中，她又获得了新的爱情，三十九岁时遇见二十五岁的年轻考古学家，人们都劝她不要嫁给比自己小那么多的男人，她的回答却是："为什么不呢？他热爱考古，所以我不用害怕变老。"

事实也的确如此，她和年轻的丈夫感情和睦，受到女王的接见，并获得了爵士勋章，在一次失恋失婚之后，她开启了自己新的生活，不再为爱情、名望、金钱、健康而发愁，幸福地生活到八十六岁。

能失一个高质量的恋吗？尽管会伤心、难过，但很快一切都可以重新开始。总有一天，我们会明白，当初我们丢不开的并不是一个人，而是一种依赖。曾经的那个他，对于你最大的意义，难道不是让你蜕变成一个更好的人吗？我那位漂亮的女同学现在已是一位知名作家，倘若当年她没有失恋，她会有时间泡在图书馆里阅读各种小说、诗歌、散文，会有精力去练笔，而成就今天的她吗？

（《作家文摘》2015 年总第 1886 期，摘自 2015 年 11 月 9 日《北京广播电视报·人物周刊》）

七十岁还能谈恋爱吗

毛　利

　　一次家庭聚会上，亲戚们七嘴八舌说了我一个远房舅妈的黄昏恋。六十多岁的老太，三年前丈夫得癌症去世，一个人住，最近竟然通过跳广场舞，交往了一个老头。

　　这个八卦，就像在聚会的油锅上浇了一碗水，立刻沸腾一片，众说纷纭。一开始一定是常见的思路："这把年纪还谈什么对象，都老成这样了。"又有人添油加醋："听说两家人已经吃过饭了，那个老头的儿子，可不是什么省油的灯。"

　　上了年纪的大妈最是想不明白："有什么好折腾的，住在一起可怎么办？"

　　至于小辈，也是一百个不支持："一个就够麻烦了，还要弄两个……"

　　"不过啊，"终于有个阿姨说了点正面的话，"她一直都弄得挺好看的，平常老是穿个裙子，涂着粉底，背后看也就四五十。"

　　总体来说，所有人都反对，没有一个人对这段黄昏恋持有乐观期望，几乎所有人都在想：啊，真够麻烦的。

从亲戚家出来，我忍不住跟我妈说："六十多岁还能找个男朋友，不是挺好的吗？"

我妈翻个白眼，又叹口气："马上就七十了，还折腾什么？"

这事发生后没几天，我在家看美剧，《现代爱情》最后一集，讲的恰恰是黄昏恋。一个六十多岁的纽约老太，在跑步比赛上认识了跑得气喘吁吁的另一半。他们开始出门约会，吃饭，旅行，确定关系的方式跟年轻人一样，是订一张酒店的大床房。男人问："这样可以吗？"女人说："很好啊。"

他们同居，一起在花园忙碌，男的准备了一个订婚戒指，送给正在洗碗的女人。看到求婚这一幕，我在屏幕前忽然一下流出了眼泪。啊，爱情真好，不管是对年轻人还是老年人。他们的生活好像镀了一层膜一样，始终闪闪发亮。而且因为年纪大了，不会像年轻人一样浪费大把时间来吵架，生气。好像重新活了一次，女主在男主的葬礼上深情表白。

她后悔吗？时间不长，却要亲自送相爱的人离开。

但是，感情的事，跟划算不划算没什么关系。纽约的老年人，日子真是好过，他们想谈恋爱，好像从来不需要得到儿女的同意，反正成年人都有自己的生活空间。

"我不靠你养"，因为这点底气，所以人生走得很坦荡。反过来再看看我周围五六十岁的老人，也不算多老，五十多岁，唯一的人生任务是看孩子，或者帮助小家庭，洗洗烧烧弄弄，让忙了一天的中年人，能回家躺在沙发上顺利玩手机。

这时候如果一个六十来岁的女人说，我晚上约了谁，不回来吃饭。那个躺在沙发上的年轻人，势必站起来反对。

我们是一体的，你已经过了恋爱的年纪，凭什么还要出去约会？大家庭里，每个人的责任和义务都是互相缠绕的，谁也不能贸然出来说：我不干了。

有段时间因为经常带小孩出去旅行，又忙又累的时候忍不住渴望起来：等我五十多岁，就能自己想去哪儿就去哪儿了吧。这样的话只要说出口，肯定会有一个同龄人跳出来说：到时候不给你儿子带孙子吗？

不过我保持着一种极其乐观的态度，过个二三十年，我们这一代，应该能达到纽约老年人的水准，如果到时候还需要我去带儿子的下一代，那只能说明一件事：我混得实在太差了。

纽约女人参加完未婚夫的葬礼，在曼哈顿街头奔跑起来。跑着跑着，她笑了，她能在街道上看到很多她和他的回忆，这辈子，算是没白活。

（《作家文摘》2019 年总第 2299 期，摘自《看天下》2019 年第 32 期）

孤独才是岁月真正的结晶

姚鄂梅

六年前，我来到上海，住进了一间老旧的公寓。很快就发现，整栋房子几乎全住着老人，单身的老人，非单身的老人，如果路上能活动几个穿白色制服的男女，肯定会产生错觉，以为它不是居民楼，而是养老院。偶见几个稍年轻一点的，也是像我一样的外来者，本地年轻人都搬到了新型高档小区，把上一辈像蚕蛹一样蜕在这里。

公寓虽然老旧，却有一个优点，位居市中心，交通便捷。一个夏天的傍晚，我站在某处回身一望，夕阳像条变色龙，在不同的楼身上显现出不同的面貌，那些巨大的玻璃幕墙，不由分说将阳光啪地反射回去，现场一片电光火石，而我们那栋楼，淡黄色的涂料墙体正畅快地消化着橘色落日的余晖，通体柔软、明亮，显出一种可食的质感来。"日落大厦"四个字就在这时嗖地跳了出来，从这以后，暗地里，我一直把我的栖身地叫作"日落大厦"。

时间一长，日落大厦的邻居们在我心里渐渐有了各自的脸，各自的故事，不像初来乍到的时候，觉得他们差不多都一个模样。

我的对门邻居是一对年近八旬的夫妇，爷爷身体不如奶奶，上楼下楼都要死死攀住栏杆，满脸的绝处逢生，遇有年轻人从身边上下，立即侧身，屏住身体，只恨骨头太硬，没法像刺猬一样缩成圆球。奶奶体形偏胖，一手拎家常布袋一手拿简易板凳，垂着眼皮，随伺在后，看上去比抓住栏杆攀缘而上的爷爷还要疲惫。有天夜里，门外一阵异常的响动，最多不过半个小时，一切归于寂静，楼道里弥漫起烧纸钱的味道。老头走了。

大门紧闭了十多天后，奶奶出现，她脱去臃肿的冬装，换上春季外套，空着两手下楼，看见我，展颜一笑，原来她的笑容是这样的，牙齿完好无损，皱纹也不是太多，唇间甚至有润唇膏的痕迹。此后多次在楼道里碰到她，才发现她腿脚利索，完全不似以前，从一楼到顶楼，一次都不用歇，也不喘气。难道她有独家养生丹，爷爷在世时牢牢锁着，单等爷爷走后，独自一人服用？

又过了些天，门外响起她女儿喊妈的声音，边喊边拍门，吵得我紧张万分，难道奶奶也走了？既然家里有老人独居，为什么身为子女却没有钥匙？没多久一阵欢快的笑声响起，是奶奶在楼下回应她女儿。从猫眼往外一看，奶奶系着紫粉相间的小丝巾，敞着衣襟，缓慢但稳当地拾级而上。听不清她们在说什么，但能看出她们在说开心的事，两人都笑嘻嘻的。

有天出外办事，不得不让对门的奶奶代我收下快递。傍晚，我拎着一小袋水果，去敲对面的门，奶奶殷勤地拿出我的快递包，却坚决不肯收下我的水果。我是不太擅长聊天的人，直通通问了句：怎么不给女儿留把钥匙呢？她一笑，说了两个字：清净。

四楼住着母女俩，男人在无锡上班，偶尔能见到他的车停在楼下，但肯定不是每天，甚至也不是每周。母女俩每天衣着鲜艳，上楼下楼，有说有笑。有人建议她想办法把老公调回来，她却无此打算，反而说，载重过大太耗能，不如轻车简行。有人猜他们感情出了问题，但我看着不像——我见过他们的三人周末，当他们悠然前行时，并没把孩子放在中间阻隔他们两肩相撞，上车前，男人很自然地为妻子拉开车门，当他倒车时，孩子扑向车后，圆溜溜的大眼睛警惕四顾，专心指挥。见过这几个场景，我能推测他们的日常。

楼下的楼下的楼下，住着一对年轻人，门口总是飘着淡淡的烟味，以及类似香水的古怪味道，不知道他们是做什么的，只知道他们进出频繁，时有喧哗之声。突然一天，一阵警笛划破小区的静谧，三个警察下了车，直扑那对年轻人的家，没多久，架出一个垂头丧气的小伙子，女子身上斑斑血迹，被人小心扶出。平静了一阵子，众邻再次被女孩的尖厉哭号吓呆，试探着过去一问，原来男孩突然搬走了。奶奶阿姨们安慰她："走了就走了，都打过你了！你年轻又漂亮，天涯何处无芳草！"女孩抽噎着说："没有他，我不知道怎么活下去。"众邻相视一笑，小心退出。

很少有人因为某人的缺席就真的活不下去，日落大厦的老邻居们深信这一点，不管那男孩回不回来，女孩最终都会活下去，活到像她们这么大的年纪。至于目前，她还在痛苦的练习阶段，那是奶奶们也曾经历过的阶段。

也许我们毕生的追求不是如何得到幸福，而是学会如何面对孤独。孤独不光是独守空巢，无人说话，孤独还是爷爷去旅行，奶奶宁肯披头散发、四处搭伙也要待在家里；孤独是爷爷去世，奶奶一个人反倒活得津津有味起来；孤独是女人宁肯做辛苦的单亲妈妈，也不要被"家大口阔"的琐屑消解人生的意义。孤独是个发育迟缓的小孩，当我们年轻，它蛰伏体内，动静全无，活得久了，才像皱纹般一根一根地找了上来。比起之前种种过眼云烟，孤独才是岁月真正的结晶，认识它，接纳它，像脚和旧鞋子一样彼此欣赏，互为唯一，除此之外别无他法，毕竟，越往后，我们越有可能独自玩耍。

一个孤独的人，必是经历过不够孤独的人生，像停火后的战场，硝烟渐熄，该走的都走了，留下疲惫又幸运的一个，从废墟中脏兮兮地立起来。我从未听说有人会不爱这样的孤独。

（《作家文摘》2017 年总第 2040 期，摘自 2017 年 5 月 4 日《文汇报》）

辑六
万物皆有灵

我想拥有一座小岛，带着我的鸡鸭狗猫，带着天上的飞鸟，

在岛上天长地久。我在岛上看书、写作。

夜深人静时，坐在水边，与它们一同看星星……

鸳鸯劫

梁晓声

冯先生是我的一位画家朋友，擅画鸳鸯，在工笔画家中颇有名气。近三五年，他的画作与拍卖市场结合得很好，于是他十分阔绰地在京郊置了一幢大别墅，还建造了一座庭院。

那庭院里蓄了一塘水，塘中养着野鸭、鸳鸯什么的，还有一对天鹅。

冯先生搬到别墅后不久，有次亲自驾车将我接去，让我分享他的快乐。

我俩坐在庭院里的葡萄架下，吸着烟，品着茶，一边观赏着塘中水鸟们优哉游哉地游动，一边东一句西一句地闲聊。

我问："它们不会飞走吗？"

冯先生说："不会的。是托人从动物园买来的，买来之前已被养熟了。没有人迹的地方，它们反而不愿去了。"

三个月后，已是炎夏。

某日，我正睡午觉，突然被电话铃声惊醒，抓起一听，是冯先生。

他说："惊心动魄！惊心动魄呀！哎，这会儿我的心还怦怦乱跳

/ 221

呢，我的庭院里，刚刚发生了一场事关生死存亡的大搏斗！"

冯先生语气激动地讲述起来。

冯先生中午也是要休息一个多钟头的，但他有一个习惯，睡前总是要坐在他那大别墅二层的落地窗前，俯视庭院里的花花草草，静静地吸一锅烟。那天，他磕尽烟灰正要站起身来的时候，忽见一道暗影自天而降，斜坠向庭院里的水塘。他定睛细看，"哎呀"一声，竟是一只苍鹰，企图从水塘里捕捉一只水鸟。水鸟们受此惊吓，四散而逃。两只天鹅猝临险况，反应迅疾，扇着翅膀跃到了岸上。苍鹰一袭未成，不肯善罢甘休，旋身飞上天空，第二次俯冲下来，盯准的目标是那只雌鸳鸯。而水塘里，除了几株荷，再没什么可供水鸟们藏身的地方。偏那些水鸟，因久不飞翔，飞的本能已经大大退化。

冯先生隔窗看呆了。

正在那雌鸳鸯命悬一线之际，雄鸳鸯不逃窜了。它一下子游到了雌鸳鸯前面，张开双翅，勇敢地扇打俯冲下来的苍鹰。结果苍鹰的第二次袭击也没成功。那苍鹰似乎饿急了，它飞上空中，又开始第三次进攻。而雄鸳鸯也又一次飞离水面，用显然弱小的双翅扇打苍鹰的利爪，拼死保卫它的雌鸳鸯。力量悬殊的战斗，就这样展开了。

令冯先生更加吃惊的是，塘岸上的一对天鹅，一齐展开双翅，扑入塘中，加入了保卫战。在它们的带动之下，那些野鸭呀，鹭鸶呀，都不再恐惧，先后参战。水塘里一时间情况大乱……待冯先生不再发呆，冲出别墅时，战斗已经结束。苍鹰一无所获，不知去向。水面上，羽毛零落，有鹰的，也有那些水鸟的……我听得也有几分发呆，困意全消。待冯先生讲完，我忍不住关心地问："那只雄鸳鸯怎么样了？"

他说："惨！惨！几乎是遍体鳞伤，两只眼睛也瞎了。"

他说他请了一位宠物医院的医生，为那只雄鸳鸯处理伤口。医生认为，如果幸运的话，它还能活下去。于是他就将一对鸳鸯暂时养在别墅里了。

到了秋季，我带着几位朋友到冯先生那里去玩儿，发现他的水塘里增添了一道"风景"——雌鸳鸯将它的一只翅膀，轻轻地搭在雄鸳鸯的身上，在塘中缓缓地游来游去，不禁使人联想到一对挽臂散步的恋人。

而那只雄鸳鸯已不再有往日的美丽，它的背上、翅膀，有几处地方呈现出裸着的褐色疮疤的皮。那几处地方，是永远也不会再长出美丽的羽毛了……更令人动容的是，塘中的其他水鸟，包括两只雪白的、气质高贵的天鹅，只要和那对鸳鸯相遇，都会自觉地给它们让路，仿佛那是不言而喻之事，仿佛已成塘中的文明准则。尤其那一对天鹅，当它们让路时，每每曲颈，将它们的头低低地俯下，一副崇敬的姿态。

我心中自然清楚那是为什么，我悄悄对冯先生说："在我看来，它们每一只都是高贵的。"

是日，大家被冯先生留住，在庭院中聚餐。酒至三巡，众人逼我为一对鸳鸯作诗。我搪塞不过，趁几分醉意，胡乱诌成五绝一首：

> 为爱岂固死，
>
> 有情才相依。
>
> 劫前劫后鸟，
>
> 直教人惭极。

塘中鸳鸯，隐荷叶一侧，不睬岸上之人，两头依靠，呈耳鬓厮磨状。那雌鸳鸯的一只翅膀，竟仍搭在雄鸳鸯的背上。

不久前某日，忽又接到冯先生电话。他寒暄一句，随即便道："它们死了！"

我愕然，轻问："谁？"

答："我那对鸳鸯……"

于是想到，已与冯先生中断往来两年之久了。他先是婚变，后妻是一"京漂"，芳龄二十一，比冯先生小三十五岁。正新婚宴尔，祸事却猝不及防——他某次驾车回别墅区时，撞在水泥电线杆上，严重脑震荡，久医病轻，然落下手臂挛颤之症，无法再作画矣。后妻便闹离婚，他不堪其恶语之扰，遂同意。后妻离开时，暗中将其画作全部转移。此时的冯先生，除了他那大别墅和早年间积攒的一笔存款，也就再没剩什么了。坐吃山空，前景堪忧。

我不知该对他说什么好。

冯先生呜呜咽咽地告诉我，塘中的其他水鸟，因为无人喂养，都飞光了。

我又一愣，半天才问出一句话："不是都养熟了吗？"

对方又是一阵呜咽。

冯先生没有回答我的疑问，就把电话挂了。

我陷入了沉思，突然想到了一句话："万物互为师学，天道也。"

（《作家文摘》2016年总第1935期，摘自《困境赐予我的》，梁晓声著，中国青年出版社2015年6月出版）

往日好时光

池　莉

　　今天在业主群里刷屏的，是一只小猫咪。小猫咪毛色搭配相当时尚：一身雪白，从眼眶开始往上，覆盖整个头顶的，是黪黑的黑色。乍一看，小猫咪俨然戴着一只棒球帽。我一见钟情，好生欢喜，立刻就叫它"棒球帽"了。棒球帽蹲坐在服务台上，双腿笔直且紧紧并拢，这是一只天生好素养的小猫咪。我这颗心，居然不由自主怦怦直跳，第一时间就想下得楼去抱它回家。

　　第二时间来了：现在的我，还能够收养猫吗？猫崽儿一旦到家，我现在的简单生活马上就会变复杂很多：猫食、猫砂、猫窝、猫玩具，猫叫、猫闹、猫洗澡、猫还要打防疫针，等等。即便只是小猫咪，它的日常需求，也是不胜琐细的。我做不到了。我得上班。我得出差。我得出国。我平时的写作和阅读，得特别安静的家居环境。

　　第三时间到来，理性占了上风。理性很快消灭了感性。为了避免眼馋和心酸，我果断删掉群里的微信。删掉了可爱的棒球帽。一个名字，诞生了三分钟，就归于寂灭。

　　我曾收养过流浪猫。十三年前。那时候我住独栋，屋大。尽管房子又土气又简陋，但有前庭后院，大门口还有宽宽的廊檐。有一天回家，被一只小猫咪跟踪了。从小区大门口一直跟到我家。我进院子门，它也跟进。我打开家门，它竟然懂事地止步于大门口，只是朝家里张望了一下，然后安分守己地蹲在门外。它怎么就知道我并不想让流浪猫进屋呢？小家伙太聪明了！这是一只丑猫咪，黑白杂色，瘦骨伶仃，患有严重眼疾。我立刻给它清洗眼屎，上红霉素眼膏。它对我完全信赖，百依百顺，因此也就顺利地，把我变成了它的家庭医生。它眼睛弄好了，吃饱喝足了，绕着我裤管亲昵撒娇，再一个趴，就趴在我脚边了。这是一个多么奇特的姿势：它全身完全放松、呈扁平状，酷似一只丢在地上的布口袋。我惊奇地问它："喂喂，你怎么会像一只布袋呢？你简直太好玩了！"它的嘴角两边往上翘翘，似乎在笑。我提起它的颈脖，它索性就装成一只布袋，没骨头没肉只有一张皮的那个样子，我提它在手，还可以任意摆动。我们全家乐得哈哈大笑。没有办法了，这就是缘分了。我给它取名"布袋"，它也欣然接受。每每只轻唤一声"布袋"，它便应声而来。从此，布袋结束了流浪猫的生活，正式住进我家廊檐并在我家养得膘肥体壮。来年早春二月，布袋生了五只小猫咪，一色都是虎皮斑纹，个个都是虎头虎脑，双双都是明亮大眼睛。那一年恰好是虎年，我家草地上五虎闹春，蜜蜂在花间嗡嗡采蜜，廊檐下，舒适的高背藤椅，暖阳高照，布袋趴在人身边，人和猫都会懒懒打个盹，那是怎样的好时光啊。

时光一刻不肯停留。一晃就是现在了。现在，我更多地蜗居在小工作室，习惯了简单方便的生活。居住于这种密集高楼的盒子间里，就再也没有了那份收养动物的条件和心思。只是像今天，偶有激情袭来，过后不免更加惆怅。便去阳台上，凭栏远眺，怀念往日的好时光。是不是可以这么想想：既然今天有往日的好时光给你怀念，那么，说不定，今天也会是明天的好时光呢？很奢侈的想法。很贫瘠的现实。

（《作家文摘》2020 年总第 2339 期，摘自 2020 年 5 月 23 日《新民晚报》）

猫有九条命

舒　婷

　　小时候，家中发现鼠迹，祖母会说，跟邻居借一只猫吧。借来的猫拴在饭桌下，喵喵叫唤两三个晚上（用猫的语言，其实是"我要回家"），偶尔入境的老鼠立刻改道。据说烈猫只要发威两声，诸如"大胆鼠尔，拿命来！"老鼠即闻声丧胆，吓得簌簌掉下横梁。

　　闽南好猫的优良品种名曰麒麟猫，这种猫的尾巴又秃又短，简洁得像兔子。（奇怪呀，没有人见过真麒麟，凭什么认定它的尾巴是短的。）麒麟猫怀孕时，周边的亲朋好友都来预订。下一窝，只有一两头仔猫的尾巴保持注册商标，跟波斯猫一样，绝无批量生产。讨到麒麟猫崽儿的人欢天喜地，按本地风俗回赠一两个蛋或一扎线面即可，不知礼者倒也无妨。

　　猫既是可以讨到的，身价自然比狗贱多了。当家庭发生变故需要裁员，猫的下岗首当其冲。鼓浪屿是个环海小岛，这些年来，不少家庭陆续迁往对岸去。从宽敞、破落、幽深的独院，搬到局促、崭新、豪华装修的公寓，原先的糟糠之猫显得不合时宜，就和旧家具一起被精减了。

猫最著名的弱点是不会游泳，连童话里也无亲自横渡海峡的先例。也许有高智商的猫，能不买票就混到渡船上，夹着尾巴过海去寻找旧主？但既然有这样的智慧，必会考虑到新环境的种种不如意，以及不值得重新信赖的负心主人。

被遗弃的猫不能叫作流浪猫，更像释囚，叫自由猫。它们有家可归，一般都留恋老巢，出没于风雨飘摇的罗马式廊柱和镶花玻璃门窗。其中有些老房子被出售拆迁，它们也很容易找到其他合乎门第的地方生儿育女。自由猫不屑于大街求乞，最多蜷在人家墙头晒太阳，一副与世无争的模样。有时做梦，回味当年主人从集市上买来的新鲜小猫鱼，打着惬意的呼噜并且垂涎三尺。

自由猫在城市的觅食能力比狗强，尤其在废墟众多、荒园僻林比比皆是的鼓浪屿。据说世界上有两个种族的生物永远灭绝不了，那就是老鼠和蟑螂。自谋生路以后逼出一双电眼和利爪的猫，蛋白质是不会缺乏的，如果学会嚼草啃花，维生素也是没有问题。至于鱼，可遇不可求呀，如果哪家的厨房窗门没关好……

猫会择良枝而栖之，不像狗，被歌颂得只会在一棵树下吊死。记得有一种理论，说猫比狗更具尊严。我们都见过狗扑到主人脚下时，那种急切、那种依恋，那种高兴得不知如何是好的狂喜样儿。猫却不会，即使饿得厉害，走近食品时，犹能从容保持身份，轻巧、柔韧、警醒，虎族的微缩版王者风范。

我家右邻放弃半塌的祖屋搬走之后，泥墙那边几亩园林，包括两座四层白楼，成了群猫的部落。初春，这里是猫的伊甸园，追逐奔跃中一路情歌竞唱。有时就在我的窗下穿梭，如啼婴通宵达旦，让我恨不得淋一锅滚水下去。夏天常见迷路的小猫崽儿饿死在水沟边，如果带回家，米汤牛奶也养不活。冬天，赋闲的老猫耐不住空屋冷寂，流窜到我的长廊上打盹，屡屡驱之不去。其实，太阳照到哪里都是一样温暖，它们只是渴望闻到人味。

朋友来访，都以为是我的宠物。脏兮兮而且瘦巴巴！他们仁慈地在心里为穷猫打抱不平。每次解释后，又问我给不给它们赈粮？不，我不想与它们保持亲密关系。

自由猫的团伙中，时常有些自愿客串的美丽家猫，养尊处优如雪干净。但它在团伙中的位置反而卑微，曲意逢迎毛皮褴褛的老猫王，做出千娇百媚的妖娆风情。

老猫王原先也是雪白无一根杂毛，而今污秽纠结，仍掩不住壮硕英雄气概。有时我放下手中的书，与不即不离的它对视良久，彼此心照不宣。

没有九条命，猫如何能修炼到看破人世红尘，自成神定气闲的养生之道。

（《作家文摘》2019 年总第 2254 期，摘自《真水无香》，舒婷著，作家出版社 2018 年 5 月出版）

送走三只猫

南 帆

1

一只肥猫长长地打了一个呵欠，懒洋洋地从我的记忆之中踱出了来，鼓出的肚皮隐隐地一颤一颤。

这只猫叫作阿灰，一身又滑又亮的灰皮毛。想不起它是怎么来到我们家的。20世纪60年代，我们家居住在小巷一幢破旧的瓦房里，大小老少衣裳简陋，面有菜色，只有少许的荤腥短暂地漂过清苦的日子。奇怪的是，阿灰居然在这种日子的皱褶里悄悄地长成了一只大肥猫。

阿灰是外婆的宠儿。外婆时常悄悄地挤出几文菜金，买回一些小鱼小虾喂养阿灰。父亲偶尔会流露出不满的神色：饭桌上的人还吃不到鱼虾，怎么又来了一只猫争食。外婆装聋作哑。阿灰分得清亲疏的脸色，它从来不会撒娇地蹭父亲的裤脚。这是一只懒猫，大部分时间闭目养神，或者干脆盘成一团打起了呼噜。那时我还是一个顽劣少年，不时想方设法捉弄阿灰。我的手臂插进阿灰毛茸茸的怀里，用力搅散它的睡眠。鸡或者鸟的鲜艳羽毛之下隐藏了一个灼热的身体，人们的手掌可能因为意外的温度和嶙峋的骨架而恐惧地缩回；猫的身体温度适中，光滑而柔软的皮毛常常形成某种诱惑。阿灰并没有对我的骚扰表示多大的反感，它愿意配合游戏。阿灰抱住我的胳膊装模作样地啃一口，有时还用后腿奋力蹬几下。敷衍过之后，它一仰身滚到另一边继续打呼噜，仿佛不胜劳累。

午间的闷热消散之后，阿灰多半要从厨房出来溜达一圈，从事一些轻松的娱乐——譬如戏弄壁虎。它悠闲地坐在地板上，慢条斯理地拍打一只刚刚捕获的壁虎。壁虎弃掉了尾巴试图潜逃，阿灰对于这种诡计洞若观火。它的一个爪子按住活蹦乱跳的尾巴，另一个爪子及时地把逃出了几步的壁虎一次又一次地拨回来，有条不紊的操作让人想到炉灶前的大厨。奇怪的是，阿灰对于老鼠似乎缺乏应有的仇恨，它生平仅仅擒获一只老鼠。不知那只稚气未脱的小老鼠如何落到它的爪下。大约半小时的时间，阿灰兴高采烈地享受自己的战利品：它用前爪将老鼠一次又一次地高高地抛起，远远看去如同一个尽职地垫球的沙滩排球运动员。事后阿灰并未吃掉老鼠。它明星一般骄傲地扬长而去，把那一只分崩离析的死老鼠扔给外婆收拾。

这一幢破旧瓦房的地板底下有一条大阴沟，众多老鼠穿梭往返。许多时候，老鼠在朽烂的地板破口探头探脑，然后鬼鬼祟祟地钻出地面收罗一些食品。可是，阿灰仿佛耗尽了攻击老鼠的兴致。它眯着眼坐在一缕阳光里，任由老鼠行色匆匆地窜来窜去，安详的神情如同一个窥破了世情的智者。某次，一只大老鼠竟然在不远的地方停下来，目光炯炯地和它对视。这个挑衅仅仅让阿灰微微地动了动胡须，它甚至懒得站起来。阿灰似乎不屑于再与地板底下那些神情诡异的家伙交手，它的漠然终于让那只勇敢的老鼠无趣地怏怏而去。猫是清洁的动物，阿灰肯定对于老鼠的龌龊深感厌恶。魑魅魍魉，不可与之论英雄，赢了这种对手仍然算不上多大的功绩。阿灰大约就是在这个时候仰起头来，开始想念明亮的天空和自由自在的呼吸。某一天下午，它攀上一小段柱子，跃过一个横梁之间的空隙，转过屋檐来到了瓦顶之上。

瓦顶是猫的江湖。它们在那儿谈玄论道，分配阳光、势力范围和异性伴侣。我无法猜度阿灰瓦顶上的浪漫生活，估计多少有些卿卿我我的逸事。阿灰是一只雄壮的公猫，凛凛一躯，堂堂仪表；这一带的雌猫显然乐于迎来送往。某些时候，瓦顶上突然传来悠长的嚎叫，这是它们共同高吟的情诗。公猫之间某些局部的小型战事不可避免。瓦顶上鼓点般的脚步踩得瓦片一阵的脆响，那是擂台比武的胜者正在将手下败将逐出领地。这些故事情节起伏，引人入胜，可是，一个难堪的结局出其不意地出现了：阿灰不知该怎么回家。返回屋檐，跃过横梁之间的空隙之后，阿灰愣住了——它不敢头朝下地沿着柱子滑下来。情场或者战场的凯旋无法兑换为食物。饥肠辘辘的阿灰坐在瓦顶的边缘哀哀地叫着，长一声短一声。

我找来一架木梯子靠到了屋檐的边缘。阿灰观察了许久，颤巍巍地伸出一条前腿试了几番又缩回去。它显然对于一堆摞起来的方格子极不信任。我不耐烦地攀上梯子试图把它拎下来，阿灰竟然一侧身躲开了。父亲愤愤地表示无须理它，这种笨猫丢了也罢。天渐渐地暗下来了，外婆心急如焚，房前屋后转了几圈，她想出一个笨拙的办法：用晒衣服的长长木杈挑起一个菜篮伸到屋檐上，嘴里"阿灰、阿灰"地叫着。这时，奇怪的事情发生了：犹豫了一会儿，阿灰竟然慢悠悠地跨入了菜篮。它一屁股坐下来的时候，接近十斤的体重压得菜篮一晃，外婆一个趔趄，几乎扶持不住木杈。

阿灰善于归纳，它很快形成了习惯。酒足饭饱，鼓腹而游，瓦顶上云游一番归来，阿灰就会坐到屋檐旁边千呼万唤，催促外婆备好菜篮。它堂而皇之地坐入菜篮左右顾盼，惬意得如同坐上了轿子的县太爷。外婆不断地咒骂着，恶狠狠地发誓这是最后一回，然而，阿灰的召唤总是让她一次又一次食言。

我记得阿灰失踪过一回。外婆端上它的饭盆走家串户，一边用筷子叮叮当当地敲打着，一边"阿灰、阿灰"地呼唤。这种老乞婆的形象让我们感到了脸红。可是，外婆前所未有地强硬，根本不睬我们的劝阻。几天以后，阿灰不知从什么地方溜回来了，浑身污迹，整整消瘦了一圈。它将脑袋埋在饭盆里狼吞虎咽了一阵，神情慢慢镇定了下来。外婆坐在厨房的小椅子上，一下一下地抚摸阿灰背上的皮毛，嘴里喃喃地劝它不要出门，不要到布满了陷阱的危险世界四处乱窜。它眯起眼睛静静地听着，慢慢地打起了呼噜。

阿灰大约活了十年，外婆送走了它。多年之后，外婆也到另一个世界去了。他们在那边仍然相依为命吗？

2

另一只猫的造访，大约是四十五年以后。这时我已经搬到了一幢公寓的九楼。我始终想不明白，老鼠从什么地方潜入家里的储藏间？窗门紧闭，所有的下水道出口俱已蒙上不锈钢的盖子，不知道那些黝黑的游击队发现了哪一条秘密通道。

最初是被储藏间里断断续续的可疑响声惊动了。储藏间堆放了一些过季的衣物、鞋子和几个箱子。夜深人静的时候可以听到窸窸窣窣的噬咬。老鼠来访？我将信将疑了一阵。当年我在乡下生活的时候，老鼠曾经在一只长筒雨靴里生了一窝粉红的鼠崽子。我清晰地记得当时毛骨悚然的感觉。几天之后，储藏间箱子缝隙闪过的一根小拇指粗细的老鼠尾巴证实了入侵者的存在。根据尾巴的长度揣测，这只老鼠接近一尺。遇到一尺长的狮子，我可以毫不犹豫地拎起来远远地扔出去，但是，我没有勇气翻检储藏间，徒手对付一尺长的老鼠。

太太也察觉到储藏间的异常，我不敢向她描述那一根老鼠尾巴，担心她可能干脆收拾起行李搬走。我设计了许多骚扰老鼠的方法，期望它们不堪忍受因而自愿离去。最为常用的一招是，将一部手机放在储藏间，反复地打通电话。我的想象之中，各种稀奇古怪的刺耳铃声可能让那些来自阴沟的不速之客久久地失眠。然而，事实证明，老鼠对于苹果公司的高科技产品安之若素。除了向这一批入侵者的天敌求援，别无他法。

咪咪是外甥女从马路上捡回的一只流浪猫，已经喂养了几个月。那一天下午，外甥女用一个塑料笼子将咪咪作为维和部队运送至公寓的九楼。打开塑料笼子，咪咪慌乱地蹿出来，一溜烟地藏到了一个柜子底下，很长一段时间之后才蹑手蹑脚地露面。当时我没有想到，这种羞怯是咪咪的伪装。事实上，这是一个极其活跃的顽皮家伙。

咪咪抵达的两天之后，储藏间就安静下来了。尽管咪咪的叫声仍然稚嫩，但是，猫的气息可以让老鼠浑身颤抖。那只一尺长的老鼠知趣地撤退了。于是，我们的公寓成为咪咪的表演舞台。这一只猫对于许多事物充满了好奇，例如屋角的一盆蝴蝶兰。它攀上狭小的花盆，亢奋地在花丛之中不停地来回穿插，直至那些蝴蝶般的粉红色花朵纷纷坠落，香消玉殒；片刻之后，花盆里仅仅剩下几根光秃秃的枝丫可怜地摇晃。完成了对蝴蝶兰的摧残之后，咪咪看上了一排的落地窗帘。它后退五米左右，然后一阵助跑，飞身跃起抱住窗帘，跟随摆动的窗帘荡秋千。这是它每日不辍的游戏。数日之后，咪咪的利爪已经将窗帘的下半段撕成一丝一丝。

好奇的咪咪无疑具有科学家的素质。它对于厕所里的各种器具深感兴趣，譬如，马桶为什么可以冲水？人们用过马桶之后按下了冲水的开关，咪咪就会闻声而至。它跳上马桶左右察看，聆听水箱里叮叮咚咚的进水声音，满脸困惑的神情。它很快发现浴缸底部有一根塑料管插入下水道。下水道通往什么世界？是阿里巴巴发现的山洞，还是陶渊明的桃花源？咪咪企图将塑料管从下水道里拽出来。对于一只瘦弱的小猫说来，这是一个艰巨的工程。塑料管仅仅露出一小截又噗的一声落下去，咪咪不得不重新开始。这种西绪福斯式的苦役，咪咪往往不懈地坚持一个小时左右，直至精疲力竭。书房里一会儿就能听到厕所传来噗的一声，以至于我不得不在电脑屏幕上写下一个新的标题：一只猫为什么具有如此锲而不舍的精神？

咪咪终于从厕所拐到书房，很快把目标锁定在书桌上的另一个高科技产品——电脑。它跳上桌子，围绕电脑打转，喵呜喵呜地叫。那时我正在电脑上写作《马江半小时》一书，悲愤的叹息不时织入沉重的词句。十九世纪末期，大清王朝与法国曾经在福州闽江下游的马江打了一战。仅仅半个小时左右，福建水师灰飞烟灭，七百九十多个官兵陈尸江面。这是一个久久不能愈合的历史创口。如此沉重的半小时令人扼腕地改变了这一片地域的命运。从左宗棠、沈葆桢、严复的船政学堂到第一架水上飞机，现代社会的雏形曾经在这一片地域缓缓地积攒自己的能量。然而，半小时的炮声无情地震碎了脆弱的梦想，所谓的现代社会如同一只惊飞的水鸟再也没有回返。我的书房窗外是一片建筑工地，勾机伸出长长的铁臂粉碎残存的水泥构件，嘎嗒嗒的嘹亮声波如同冲刷记忆的阵阵涌浪；近十台的打桩机愤怒地锤击大地，嘭嘭的巨大音响持续地震荡我的耳鼓。令人意外的是，一只猫也想把它的脑袋伸进历史。咪咪苦恼地坐在电脑屏幕旁边，似乎因为弄不明白大清王朝李鸿章、张佩纶或者何如璋这些人的所作所为而焦虑。这一场战役正在发生关键的转折，咪咪转过身一屁股坐到了键盘上。于是，屏幕上一连串R或者Q鱼贯而至，幽默地取代了故事的不幸结局。

大约一个月之后，完成了使命的咪咪被送还给外甥女。然而，不久之后就听到了噩耗：它居然从外甥女家窗户的防盗网钻出，在不足一寸宽的窗框上行走。那天是不是下了点小雨？总之，咪咪脚下一滑，径直从二十二楼跌下。老话说猫有九条命。可是，二十二楼太高了，咪咪一下子将九条命统统用完。外甥女赶到楼下的时候，它已经气绝而亡。

过了一段时间，网络上开始流传一句话："好奇害死猫。"我立即想到了咪咪，心中不由一颤。

3

咪咪离去不久，狡猾的老鼠似乎有卷土重来之势。储藏间再度出现可疑的响声。太太二话不说，立即到花鸟市场买来一只黑猫装在麻袋里带回。我回到家里，黑猫已经巡视过公寓的各个角落。它身材颀长，目若点漆，一条长长的尾巴拖在身后。我坐到了沙发上。黑猫落落大方地和我对视了一阵，然后缓慢地、坚决地爬到我的大腿上坐了下来。

俗气一点显得亲切——我们将这只黑猫取名为"旺财"。

旺财神情开朗，意态从容。家里来了客人，它从不因为对方陌生而回避。旺财歪着脑袋打量一小会儿，继而镇静地缓步靠近，然后不慌不忙地爬到客人身上，举手投足之间纹丝不乱。"这只猫大方得很。"我有点喜欢。

太太似乎不那么信任它。她隐约地觉得，这只猫主意大得很。旺财的镇静似乎藏了一些冰冷。我们从门外进来，旺财仅仅是礼节性地弓了弓身子，甚至视而不见。或许它觉得没有必要自作多情。旺财是一个手脚敏捷的黑衣捕快，它的职责是捉拿老鼠而不包括讨好主人。对于一个自食其力的雇员说来，感恩戴德的礼仪显得有些多余。

太太的预感很快得到了证实。那天晚上她企图为旺财洗澡。旺财惧怕脸盆里的水，挣扎着往后退；太太将它抱起来轻轻地放入脸盆，没想到它突然湿漉漉地跳起来，恶狠狠地在太太的巴掌上咬了一口，尖利的小牙齿啮穿了太太手上的橡胶手套。太太尖叫一声急忙扔开了它，连夜奔赴医院打狂犬疫苗。事后，太太多次心有余悸地回忆那个吓人的瞬间：旺财小小脑袋上所有的毛都狰狞地竖了起来，龇牙咧嘴如同凶神恶煞。人与猫的四目对视让她感到了彻骨的寒意。

一个深藏不露的旺财突如其来地现身。

没有人敢于蔑视老虎的凶猛，即使它懒洋洋地踱步或者蜷缩在树荫里打瞌睡。猫如同老虎的一个没有完成的投影。上帝不仅缩小了它的身体尺寸，同时也缩小了它的脾气。猫必须温顺柔媚而没有资格称王称霸。这种想象常常让人忘记，每一只猫的内心无不藏匿了一个威风凛凛的虎之梦。必要时候，猫的尖利牙齿拥有相似的杀伤力。

过了两天，我们下班回到家中的时候，旺财不见了。寻找了许久发现，它钻出了阳台的栅栏跳到了下一层邻居的阳台上。旺财无法原路返回。它静静地趴在下一层邻居阳台的边缘，神色之间似乎并没有多少焦虑。我们下楼把它带了回来，旺财表情坦然，看不出重返家园的庆幸。

几天之后的傍晚，旺财再度失踪。询问了左邻右舍，没有任何消息。匆匆吃过晚饭，我们带上了手电筒下楼到居住的社区寻找。社区停泊的汽车底下趴了几只取暖的流浪猫，都不是旺财。女儿心中焦急，回家之后立即画了许多张"寻猫启事"张贴在社区的走道和电梯出口。"寻猫启事"的正中央笔直地坐着一只漆黑的卡通猫，目光锐利，精神抖擞，旁边两行说明文字：我家旺财，出门旅行。因为不熟悉地形，可能误入歧途。哪一位好心的邻居如若发现，恳请通风报信，谢谢谢谢。接着是电话号码和门牌号码。

次日出门看了看，这些"寻猫启事"都不见了。见到我们诧异的神情，一位邻居笑得有些暧昧。问了半天终于明白过来：因为这些"寻猫启事"画得有趣，被人揭走收藏起来了。

我们又在四处找了一天，仍然杳无音信。太太自我安慰说，算了，猫的脑容量储存不了太多的记忆，旺财很快就会忘了我们。它擅长四处为家，随遇而安的性格不会产生相思之苦。我们的心情终于放松下来了。不久之后，我们又一次搬家离开那个社区。如果没有什么意外，旺财大约还活着，只是不知在哪一户人家。这只猫胆大心细，估计能照顾好自己。

丢失旺财之后，至今再也没有养猫。倒是一条狗跟了我们几年。太太曾经在聊天之中表示，养过了狗之后，恐怕就不愿意再养猫。狗的信义以及不计一切地依恋主人都是猫所无法比拟的。享用过大餐，小菜就会显得索然无味。我赞同太太对于狗的评语，同时对她的结论有些犹豫。许多时候，狗的生死相依可能演变为一副沉重的枷锁，甚至让人没有足够的勇气负担。未来的某一天，聚的所有深情都有可能如数地兑换为散的悲伤。相形之下，猫不像狗那样夸张地挥霍自己的情义，猫的节制和恬淡不至于勒得人们喘不过气来。既然"天长地久"只是一句傻话，不如绕开缠人的内心纠结。与其相濡以沫，不如相忘于江湖，放得下牵挂是另一种透彻的境界。这么说，猫或许比狗明智。

（《作家文摘》2017 年总第 2071 期，摘自《人民文学》2017 年第 7 期）

狗这一辈子

刘亮程

一条狗能活到老，真是件不容易的事。太厉害不行，太懦弱不行，不解人意、善解人意了均不行。总之，稍一马虎便会被人剥了皮炖了肉。狗本是看家守院的，更多时候却连自己都看守不住。

活到一把年纪，狗命便相对安全了，倒不是狗活出了什么经验。尽管一条老狗的见识，肯定会让一个走遍天下的人吃惊。狗却不会像人，年轻时咬出点名气，老了便可坐享其成。狗一老，再无人谋它脱毛的皮，更无人敢问津它多病的肉体，这时的狗很像一位历经沧桑的老人，世界已拿它没有办法，只好撒手，交给时间和命。

一条熬出来的狗，熬到拴它的铁链锈了，不挣而断。养它的主人也入暮年，明知这条狗再走不到哪里，就随它去吧。狗摇摇晃晃走出院门，四下里望望，是不是以前的村庄已看不清楚。狗在早年捡到过一根干骨头的沙沟梁转转，在早年恋过一条母狗的乱草滩转转，遇到早年咬过的人，远远避开，一副内疚的样子。其实人早好了伤疤忘了疼。有头脑的人大都不跟狗计较，有句俗话：狗咬了你你还去咬狗吗？与狗相咬，除了啃一嘴狗毛，你又能占到啥便宜。被狗咬过的人，大都把仇记恨在主人身上，而主人又一股脑把责任全推到狗身上。一条狗随时都必须准备着承受一切。

在乡下，家家门口拴一条狗，目的很明确：把门。人的门被狗把持，仿佛狗的家。来人并非找狗，却先要与狗较量一阵，等到终于见了主人，来时的心境已落了大半，想好的话语也吓忘掉大半。狗的影子始终在眼前晃悠，答问间时闻狗吠，令来人惊魂不定。主人则可从容不迫，坐察其来意。这叫未与人来，先与狗往。

有经验的主人听到狗叫，先不忙着出来，开个门缝往外瞧瞧。若是不想见的人，比如来借钱的，讨债的，寻仇的……便装个没听见。狗自然咬得更起劲。来人朝院子里喊两声，自愧不如狗的嗓门大，也就缄默。狠狠踢一脚院门，骂声"狗日的"，走了。

若是非见不可的贵人，主人一趟子跑出来，打开狗，骂一句"瞎了狗眼了"，狗自会没趣地躲开，稍慢一步又会挨棒子。狗挨打挨骂是常有的事，一条狗若因主人错怪便赌气不咬人，睁一只眼闭一只眼，那它的狗命也就不长了。

一条称职的好狗，不得与其他任何一个外人混熟。在它的狗眼里，除主人之外的任何面孔都必须是陌生的、危险的。更不得与邻居家的狗相往来。需要交配时，两家狗主人自会商量好了，公母牵到一起，主人在一旁监督着。事情完了就完了。万不可藕断丝连，弄出感情，那样狗主人会妒忌。人养了狗，狗就必须把所有爱和忠诚奉献给人，而不应该给另一条狗。

狗这一辈子像梦一样飘忽，没人知道狗是带着什么使命来到人世。

人一睡着，村庄便成了狗的世界，喧嚣一天的人再无话可说，土地和人都乏了。此时狗语大作，狗的声音在夜空飘来荡去，将远远近近的村庄连在一起。那是人之外的另一种声音，飘远、神秘。莽原之上，明月之下，人们熟睡的躯体是听者，土墙和土墙的影子是听者，路是听者。年代久远的狗吠融入空气中，已经成寂静的一部分。

在这众狗狺狺的夜晚，肯定有一条老狗，默不作声。它是黑夜的一部分，它在一个村庄转悠到老，是村庄的一部分，它再无人可咬，因而也是人的一部分。这是条终于可以冥然入睡的狗，在人们久不再去的僻远路途，废弃多年的荒宅旧院，这条狗来回地走动，眼中满是人们多年前的陈事旧影。

（《作家文摘》2016 年总第 1965 期，摘自《人民周刊》2016 年第 14 期）

欠你一座岛

叶　弥

　　我收养流浪动物十多年，我的切身经验是，动物教会了我许多，滋润了我的心灵。

　　我碰到的第一只狗是一条被人遗弃的小土狗，公的。它被人遗弃在小区传达室门外。这只小土狗瘦弱胆小，长了一身的癞疮，人不喜欢，连狗也回避它。我那时还没开车，正要步行着去镇上坐公交车，见到它蜷缩在传达室门外的杂草丛中，就顺手把自己手中正吃的一个当午饭的肉包子扔给了它。等到我坐了公交车进城办完许多事回来，天已经黑了，这只小土狗睡在我的家门口。它是如何知道我的住址？它又如何鼓足勇气摸进小区？它对我是怎样的判断？我一概不知。我给它准备了三样东西：一块厚垫子、一只水碗、一只饭盆。第二天我又坐了公交车进城，来回三个多小时，去宠物医院给它配了治皮肤病的药水，一天给它洗三次，居然一个星期就见效了。然后我也要出去几天，先生在外地工作，我就把它托付给了门卫，请门卫每天到我家的走廊上看看它，添加水和食物。

　　四五天后我回到家，见它面前放着满满的食物和水，我想它这几天应该过得挺好，见了我会表达欢乐的心情。但是它像以前流浪那会儿一样，蜷着身体，不吭声，低着头，浑身发抖。之后两天，它还是保持着这个姿势，并且不吃不喝。门卫告诉我，我走了之后它就是这个样子，不吃不喝。我突然明白了，它看我离开，以为是我不要它了，它被人遗弃过一次，怕被我第二次遗弃。这是我第一次明白一条狗的心思。

于是我及时地安慰它，和它说话，带着它出去玩，它也明白了我的心，开始吃喝了，高兴了。它蹦蹦跳跳，两只嘴角向上翘起，原来它很阳光呢。我给它起名"土根"。

我那时候，正经历着人生的低潮。我心态消极，写作也挽救不了我。我的身体也在那个时候出了状况，严重失眠，人很虚弱。唯一不变的是胆子不小，所以从市中心独自搬到这个偏僻的地方，连小区都没有灯，我看中的是小区周围有稻田，有一块一块的蔬菜地，有虫鸣、蛙鸣、各种鸟鸣，鸡犬声相闻，乡音糯软。虽然我没有种过地，但我喜欢土地，看见土地，我觉得自己或许能得到拯救。

但最先拯救我的是土根。它是我见过的最阳光的狗，后来我收留了不下四十条狗，最阳光的还是土根。

它现在有吃有喝，有温暖的窝，浑身上下都洋溢着快乐的光芒。即使人家说它丑，说它皮肤肮脏，它还是摇着尾巴不在乎。皮肤病治好以后，它胆子开始大了起来，经常跑出小区，到小区北边的村庄里去结交狗朋友。那时候，村子里有许多看门狗，强健、温和、懂事，这些狗三五成群地结成团伙，从村庄里呼啸而来，到我家门口裹了土根呼啸而去，我从不知道它们下一站是何方。一般要玩耍半天，土根方才回家。土根的食盆放在院子外头，为了不让它有食物焦虑，我总是给它的食盆里放满食物。土根的狗朋友们每回来，土根总会把它们引到食盆边，让朋友们吃光食物，它退后几步，静静地蹲在那儿看朋友们吃，一副"苟富贵，勿相忘"的做派。

我是后来养多了狗，才知道狗是护食的动物，即便兄弟姐妹、父母亲和子女，也是不让食物的。所以想起来，土根真是一条对朋友深情厚谊的狗。

作为一条看家的狗，它兴许是不太合格的。它认识的人，都可以进我的院子，甚至我的家里。见过一面，它就认识了，下回人家来，它绝对欢迎。有一次，我从楼上下来，看见客厅里站着一位陌生男人，大吃一惊，我一边请他出去，一边怪土根怎么不叫。这人取笑我说："你一点记性都没有，你家的狗都认识我。"原来是一位搞装修的，上次来过我家游说整修院子，今天又来游说了。

这件事让我觉得不太安全。我与本地人打交道时，有时候也要说到这件事。本地人觉得不需要大惊小怪，这条狗也没有做错什么事。家里来了一个人拉生意，你不做，人家不会强你所难。

我忽然有些明白，原来我是一个城市人，城市人势利、焦虑、没有安全感，这些缺点，土根身上没有，它和本地乡人一样，心思单纯，待人真诚，绝不小题大做。

它从不对什么失望，它对一切都充满信心，有吃有喝有个家，它就尽量地放飞快乐心情。与它相处久了，我慢慢敞开了心扉。我拉开了厚重的双层窗帘，白天黑夜都不再把窗户遮上。我不再一天二十四小时都关着门，有时候院门也都开着。当这一切成了习惯时，我觉得以前步步为营是多么可笑。我现在心定了，想一想：即便小偷前来光顾，我也并没有价值连城的宝物和巨款，又有什么是割舍不掉的呢？世上之物，无非是从这里到那里。有饭吃，有衣穿，有房子睡，又有什么可焦虑的？

我终于成了配得上土根的人了。自从与土根相处后，我学会了它的从容、快乐，我对以前不能忍受的都习以为常，譬如停电。每次一停电，我就放下手中的活，出去东游西逛，如果是夜里，那就点上一支蜡烛，秉烛夜读，不亦乐乎，身边躺着土根，气息均匀，心满意足。

在这个远离城市的僻静之地，住了一段时间，我就得到了我想要的，身体与精神都开始好转，仿佛世界也开阔起来，有兴趣想一想我的文字朝什么地方去。

收留土根的同时，我还收养了几只狗和一批小猫，家里多了这么些小动物，土根从来不表示厌烦，从来不欺负后来者。

我在土根身上得到的好处是无价的，而我不过是给了它一个存身的一小块地方。

2011 年 9 月 28 日，这是我看到土根的最后一天。那天，村子里的狗们来叫它一起出去，我看着它混在一大群狗中，蹦蹦跳跳地出了小区朝东边去，然后就再也没有回来，村子里的那群狗也没有再来。

土根不见前四天，曾经带回来一位女朋友住在我家，我给它起名叫菜花。菜花来了三天就不见了。土根又带回一位女朋友，我给它起名叫稻花。稻花和土根一起出去玩，也没有回来。它来了才一天，有了名字也一天，吃饱喝足有个窝也一天。

土根不见以后，我夜里又开始失眠，并且生了一场大病，我不停地自责，如果我会赚钱的话，我早就有很多钱了。有了很多钱，我会为它与它的女朋友们，还有猫们，买下一座岛，或长久租下一座岛，让它们在岛上吃喝玩乐，这样它们就安全了。

我想拥有一座小岛，带着我的鸡鸭狗猫，带着天上的飞鸟，在岛上天长地久。我在岛上看书、写作。夜深人静时，坐在水边，与它们一同看星星……

（《作家文摘》2018 年总第 2125 期，摘自《江南》2018 年第 2 期）

只做一个问名者

张晓风

　　万物之有名，恐怕是由于人类可爱的霸道。

　　《创世记》里说，亚当自悠悠的泥骨土髓中乍醒过来，他的第一件"工作"竟是为万物取名。想起来都要战栗，分明是上帝造了万物，而一个一个取名字的竟是亚当，那简直是参天地之化育，抬头一指，从此有个东西叫青天，低头一看，从此有个东西叫大地，一回首，夺神照眼的那东西叫树，一倾耳，树上嘤嘤千啭的那东西叫鸟……而日升月沉，许多年后，在中国，出现了一个叫仲尼的人，他固执地要求"正名"，他几乎有点迂，但他似乎预知，"自由"跟"放纵"，"爱情"和"色欲"，"人权"和"暴力"是如何相似又相反的东西，他坚持一切的祸乱源自"名实不符"。

　　我不是亚当，没有资格为万物进行其惊心动魄的命名大典。也不是仲尼，对于世人的"鱼目混珠"唯有深叹。不是命名者，不是正名者，只是一个问名者。命名者是伟大的开创家，正名者是忧世的挽澜人，而问名者只是一个与万物深深契情的人。

　　也许有几分痴，特别是在旅行的时候，我老是烦人地问："那是什么？"别人答不上来，我就去问第二个，偏偏这世界就有那么多懵懂的人，你问他天天来他家草坪啄食的红胸绿背的鸟叫什么，他居然不知道。你问他那条河叫什么河，他也好意思抵赖说"那条河没名字"。你问他那些把他家门口开得一片闹霞似的花树究竟是桃是李，他不负责任地说"不清楚"。

不过，我也不气，万物的名氏又岂是人人可得而知的。别人答不上来，我的心里固然焦灼，但却更觉得这番"问名"是如此慎重虔诚，慎重得像古代婚姻中的"问名"大礼。

有一次，三月，去爬中部的一座山，山上有一种蔓藤似的植物，长着一种白紫交融、细丝披纷的花。我蹲在山径上，凝神地看，山上没有人，无从问起。忽然，我发现有些花已经结了小果实了，青绿椭圆，我摘了一个下山去问人，对方瞄了一眼，不在意地说："那是百香果啊，满山都是的！现在还少了一点，从前，我们出去一捡就一大箩。"

我几乎跌足而叹，原来是百香果的花，那么芳香浓郁的百香果的花。如果再迟两个月来，满山岂不都是些紫褐色的果子，但我也不遗憾，我到底看过它的花了，只可惜初照面的时候，不知名，否则应该另有一番惊喜。

野牡丹的名字是今年春天才打听出来的，一旦知道，整个春天竟然都过得不一样了。每次穿山径到图书馆影印资料，它总在路的右侧紫艳艳地开着，我朝它诡秘一笑，心里的话一时差不多已溢到嘴边："嗨，野牡丹，我知道你的名字了，蛮好听的呀——野牡丹。"

它望着我，也笑了起来，像一个小女孩，又想学矜持，又装不来。于是忍不住傻笑："咦？谁告诉你的？你怎么晓得我的名字的？"

　　"安娜女王的花边"是一种美国野花的名字，它是在我心灰意懒问遍朋友，没有一个人能指认得出来的时候，忽然获知的。告诉我的人是一个女画家，那天，她把车子停在宁静安详的小城僻路上，指着那一片由千百朵小如粟米的白花组成的大花告诉我。我一时屏息睁目，简直不敢相信那是真的。当下只见路边野花蔓延，世界是这样无休无止的一场美丽，我忽然觉得幸福得不知说什么才好。恍如古代，河出图，洛出书——那本不稀奇，但是，圣人认识它，那就不一样了。而我，一个平凡的女子，在夏日的风里，在漫漫的绿向天涯的大地上，只见那白花欣然怡悦地浮上来，像《河图》《洛书》一样地浮上来，我认识它吗？

　　我如呆如痴地坐看，一朵花里有多少玄机？

　　三月里，我到东门菜场外面的花店里去订购一种花，那女孩听不懂，我只好找一张纸，一面画，一面解释："你看，就是这样，一根枝子，岔出许多小枝子，小枝子上有许许多多小花，又小，又白，又轻，开得散散的，漾漾的……"

　　"哦。"不等我说完，她就叫了起来，"你是说'满天星'啊！"

　　后来有位朋友告诉我，那花英文叫"baby's breath"——婴儿的呼吸，真温柔，让人忍不住心疼起来。第二天，我就把那订购的开得密密的星辰一把抱回家，觉得自己简直是宇宙，一胸襟都是星。

　　我把花插在一个陶罐子里，万分感动地看那四面迸射的花。我坐在花旁看书，心中疑惑地想着，星星都是善于伪装的，它们明明那么大，却怕吓到了我们，所以装得那么小，来跟我们玩。它们明明是十万年前闪的光，却怕把我们弄糊涂了，所以假装是现在才眨的眼……而我买的这把"满天星"会不会是天星下凡来玩一遭的？

我怔怔地看那花，愈看愈可疑，它们一定是繁星变的，怕我胆小，所以化成一把怯怯的花，来跟我共此暮春，共此黄昏。究竟是"星常化作地下花"呢，还是"花欲升作天上星"呢？我抛下书，被这样简单的问题搞糊涂了。

菜单上也有好名字。

有一种贝壳，叫"海瓜子"，听着真动人，仿佛是从海水的大瓜瓤里剖出的西瓜子，想起来，仿佛觉得那菜真充满了一种嗑的乐趣——嗑下去，壳张开，瓜子仁一般的贝肉就滑落下来。还有一种又大又圆的贝类，一面是白壳，一面是紫褐色的壳，有个气吞山河的名字，叫"日月蚶"，吃的时候，简直令人自觉神圣起来。不知道日月蚶自己知不知道它叫日月蚶——白的那面像月，紫的那面像日，它就是天地日月精华之所钟。

吃外国东西，我更喜欢问名了，问了，当然也不懂，可是，把名字写在记事本上，也是一段小小的人生吧！英雄豪杰才有其王图霸业的历史记录，小人物的记事册上却常是记下些莫名其妙的资料，例如有一种紫红色的生鱼片叫"玛苦瑞"，一种薄脆对折中间包些菜肴的墨西哥小饼叫"塔可"，意大利馅饼"比萨"吃起来老让人想起比萨斜塔（虽然意大利文里这两个词毫不相干）。一种吃起来像烤馒头的英式面包叫"玛芬"，Petit Munster（小芒斯特）是有点臭咸鱼味道的法国奶酪，Artichoke（洋蓟）长得像一朵绿色的花，煮熟了一瓣瓣掰下来蘸牛油吃，而"黑森林"竟是一种蛋糕的名字。

记住一些乱七八糟的食物名字当然是很没出息的事情，我却觉得其中有某种尊敬。只因在茫茫的人世里，我曾在某种机缘下受人一粥一饭，应当心存谢忱。虽然，钱也许是我付的，但我仍觉得每一个人的盘碗，都犹如僧人的钵，我们是受人布施的托钵人，世界人群给我们的太多，我至少应该记下我曾经领受的食物名称。

人生一世，问的都是美好的名字，

有时我想，如果我死，也一定要问清楚病名。也许是癌，也许是心脏病，也许是脑出血……但是，我希望自己有机会问名，我不能不清不白地败在不知名的对方手下。既然要交锋，就得公平，我要知道对手叫什么名字，背景如何，我要好好跟他斗一斗。就算力竭气绝，我也要清清楚楚叫出他的名字："××，算你赢了。"

然后，我会听见他也在叫我的名字："晓风，你也没输，我跟你缠斗得够辛苦的了！"

于是，我们对视着，彼此行礼，握手，告退。

最后的那场仗，我算不算输，我不知道，只知道，我要知道对方的名字，也要跟他好好拼上许多回合。

自始至终，我是一个喜欢问名的人。

（《作家文摘》2019 年总第 2202 期，摘自《隔花》，张晓风著，北京联合出版公司 2018 年 7 月出版）

图书在版编目 (C I P) 数据

不过是一碗人间烟火 / 汪曾祺等著;《作家文摘》编 . —北京：现代出版社 , 2022.1

（《作家文摘》名家散文系列）

ISBN 978-7-5143-9318-7

I. ①不…　II. ①汪… ②作…　III. ①散文集 – 中国 – 现代 ②散文集 – 中国 – 当代　IV. ① I266

中国版本图书馆 CIP 数据核字（2021）第 180949 号

不过是一碗人间烟火 （《作家文摘》名家散文系列）

作　　者	汪曾祺　林清玄　迟子建　等
主　　编	《作家文摘》
责任编辑	毕椿岚
出版发行	现代出版社
通信地址	北京市安定门外安华里 504 号
邮政编码	100011
电　　话	010-64267325　64245264（传真）
网　　址	www.1980xd.com
电子邮箱	xiandai@vip.sina.com
印　　刷	北京飞帆印刷有限公司
开　　本	710mm×1000mm　1/16
印　　张	16.5
字　　数	184 千
版　　次	2022 年 1 月第 1 版　2025 年 2 月第 7 次印刷
书　　号	ISBN 978-7-5143-9318-7
定　　价	48.00 元